追い出されたら、何かと上手くいきまして
OIDASARETARA
NANIKATO UMAKU
IKIMASHITE
3
Yukizuka Yuzu
雪塚ゆず
Illustration 福きつね

CHARACTER
ライアン
アレクの同級生で、元気いっぱいな少年。勉強は苦手。
シオン
アレクの同級生。優しくて恥ずかしがり屋。
アレク
紫の髪と瞳の色を両親に気味悪がられ、10歳にしてムーンオルト家から追放されてしまった本作の主人公。心優しく、自分は落ちこぼれだと思っている。
ユリーカ
アレクの同級生。成績優秀で、ライアンのツッコミ役。

ティール
英雄学園高等部の生徒。
のほほんとしている。
ガディ
双子のエルルと
同じく、
SSS ランク冒険者。
毒舌。弟のアレクを
溺愛している。
エリーゼ
英雄学園の新入生で、
アレクの後輩。
リリーナ
英雄学園高等部の生徒で、
生徒会長。
エルル
SSS ランクの
凄腕冒険者で、
ガディとは双子。
弟のアレクを
溺愛している。
料理が得意。

第一話　アレク、校外学習へ

紫の髪と瞳を気味悪がられ、実家を追い出されたアレク・ムーンオルト。彼が素性《すじょう》を伏せ、周囲に溶け込むために髪と瞳を魔法で金色に染めて英雄学園に入学してから、もう随分《ずいぶん》経つ。

季節は冬になり、日増しに寒さは厳しくなっているが、アレクが所属する一年Aクラスの担任、アリーシャはなぜか元気いっぱいだ。

生徒達を席に座らせ、ニコニコとしながら声を張り上げた。

「はーい！　皆さん注目！」

その様子を見て、同級生のライアンがニヤニヤしながらアレクに言う。

「なんだなんだ？　先生、いつにも増して上機嫌だな！」

アリーシャはそれを聞き逃さなかったらしい。

「ライアン君、ちょっと静かにしようか？」

「……はい」

ギロリと鋭い目で射貫《いぬ》かれ、ライアンは身をすくめる。

だが、ライアンの発言は他の生徒達が思っていたことと一致していた。

いつもは気だるげに授業を開始するのだが、今日はキラキラと輝いて見える。

すると、アリーシャは生徒達に、ばっと一枚の紙を見せつけた。

「……？　何それ……」

きょとんとしてアレクが呟《つぶや》くと、アリーシャは得意そうに胸を張る。

「これは校外学習許可証!!　校外学習に行けることになりました～！」

「「「校外学習!?」」」

生徒達が驚きの声を上げると、アリーシャはその反応に満足そうにして説明を始める。

「そうそう！　私、学園長を頑張って、頑張って説得してね！」

「二回言った」

「二回言ったね」

生徒達のツッコミに構うことなく、アリーシャはそのままの勢いでまくしたてる。

「生徒四人で一チームを作って、校外学習に行くことになったの！　山に海に川！　それぞれ好きなところに行って、そこでお仕事をしてほしいの！　もちろん遠くにも行けるわ！　みんな、将来自分のなりたいものが見つかるかもしれないから、しっかりやってきてね！」

「「「おお～～～！」」」

アリーシャの説明を受け、生徒達のテンションは上がりに上がった。

実習ではなく、仕事。つまり依頼人がいるということだが、冒険者ギルドに所属している生徒は例外として、一般の生徒が仕事を請け負うことは滅多にない。

誰かから責任ある仕事を請け負うというのは、将来を考えるうえで貴重な経験になる。

「じゃあ、今からクラスの中でチームを組んで！」

アリーシャの号令で、生徒達は声をかけ合い固まり始めた。

アレクが誰かと組まないと、と慌てていると、友人のユリーカが声をかけてくれた。

「ねえ、一緒に組まない？」

見れば、ユリーカの親友のシオン、ライアンも一緒のようだ。

「うん！　いいよ！」

いつも仲良く一緒にいる四人。これでチームは完成だ。

そのことをアリーシャに報告しに行くと、忘れていたとばかりにアリーシャはポンと手を打つ。

「そーいえば！　アレク君には行ってもらいたい場所があるの。ちょっと遠くだけど、いい？」

「？　わかりました！」

「私達はどうなるんですか？」

「ああ、ユリーカさん達も一緒で！」

そう言われ、四人はほっとする。もしかしたら離れ離れになるかも、と心配していたのだ。

「どんなところなんだろーな」

「楽しみだね！」

ライアンの言葉にアレクは答え、アリーシャの言う「行ってもらいたい場所」に思いを馳《は》せた。

◆　◆　◆

一週間後、アレク達は馬車で一日たっぷりと時間をかけて、とある山奥に来ていた。

道は一応あるのだが整備はされておらず、木々の合間を縫うように進んでいる。

目的地である小さな山小屋にたどり着いた途端、ドタバタとせわしない足音を響かせて真っ先に降りるライアン。そして、自分の尻を押さえて叫んだ。

「いった〜〜！　だから馬車は嫌いなんだよ！　しかも、こんな山奥だから石が多くて余計に揺れるし！　運転手さん、スゲェな！」

怒っているのか、褒めているのかよくわからない言葉に、運転手は困惑しながらもペコリと頭を下げた。

続いてユリーカ、シオンが降り、最後にアレクが地面に足をつける。

確かにずっと座っていたので体が痛い。ぐぐっと伸びをすると、わずかに痛みが和《やわ》らぐような気がした。

馬車の到着に気づいたのか、山小屋から一人の男性が出てくる。山の中でも動きやすそうな軽装で、中肉中背、年は三十代だろう。

「こんな山奥に来てくれてありがとうね。俺は君達の校外学習担当の、ティーガ・カーターだ。どうぞよろしく」

「「「「よろしくお願いします！」」」」

気合い充分、とばかりに、四人は張り切って声を上げた。

ティーガは眉をひそめて、顎《あご》に手を当てながらじーっとアレク達を見つめる。

「……アレク君は、この中にいるかい？」

「あ、僕です」

アレクが名乗ると、ティーガは驚いた顔をした。

「そうか、君が……薬草採取が得意で体力のある子を頼んだから、てっきり、大柄な少年だと思っていたんだが。かなり華奢《きゃしゃ》だな」

「……！　……！」

アレクはショックで、口をぱくぱくさせた。確かに背丈は小さいかもしれないが、華奢ではないと思っていたのに。筋肉トレーニングだってそれなりに積んでいるのだ。

しかし、ライアンは堪《こら》えきれずに笑いだし、シオンとユリーカはティーガに同意してうんうん、と頷いていた。

ティーガはアレクがショックを受けていることに気づいたのか、慌ててフォローする。

「ま、まあ、ともかく！　アレク君は薬草に詳しいらしいね。薬草の種類とか、見分けられる？」

「は、はい！　それくらいなら」

ティーガは少し屈《かが》んでアレクに目線を合わせ、にっこりと笑う。

「じゃあ、早速で悪いが、荷物を山小屋の中の個室に置いたら、薬草を採取してくれるかい？」

「わかりました！」

アレクが元気に返事をすると、四人は早速山小屋へ向かった。

山小屋の中は外観より広く感じられ、入り口からはアレク達用と思われるベッドの並んだ部屋が見える。ベッドの脇には小さめの机が置いてあり、その上にお菓子がいくつか並んでいた。

アレク達はひとまず机の近くに荷物を置き、外に出て薬草採取を始める。

山小屋からさほど離れずとも薬草はたくさん生えていたので、四人は近くで採取することにした。

「えーっと……あ！　これ、ムーク草だ！」

「ムーク草って？」

しゃがみ込んだアレクが濃い緑色の草を嬉しそうに摘み取るのを見て、ライアンは尋ねた。

アレクはムーク草を薬草袋に入れながら説明する。

「ムーク草は、疲労回復や、解熱剤としての効果があるんだよ！」

「へ～、そうなんだ。あ、メモしたほうがいいわよね？」

ユリーカがイソイソとポケットからメモ帳を取り出し、説明されたことを書き込んだ。

それから、アレクは薬草を見つけるたびに、ライアン達に一つ一つ丁寧に効果を説明した。

例えば、イーフ草は腰痛に効く。ミミルス草は、骨折や打撲の際に包帯で巻きつけると傷口を冷やして、少しだけだが癒やしてくれる。

ポーションの素《もと》になるポーション草も見つけ、アレクは上機嫌だ。

あまりにアレクが薬草に詳しいので、シオンは疑問に思って尋ねた。

「ねえねえ。アレク君って、何でそんなに薬草の種類を知ってるの？」

「あ、えーっと……そう！　小さい頃、たくさん取ってたからね。家族の手伝いで」

「へー！　偉いね！」

「まあ、それほどでも……」

実は鍛錬の師匠であるクーヴェルの滅茶苦茶な料理に胃が耐えきれず、洗浄薬となる薬草を必死に探し回った結果だ、などとはカッコ悪くて言えない。

アレクは、料理を食べきれなかった時の怒った師匠の顔を思い浮かべて、苦い顔をした。

それからしばらく薬草を摘み取るうちに、お昼時となった。

ぐー、と大きめの音でライアンのお腹が鳴ったのを聞き、ユリーカがクスリと笑う。

「もう、ライアンったら」

「わ、悪《わり》ぃ」

「でも、もうそろそろお腹が空いたし、戻りましょう」

ユリーカの言葉に同意して、アレク達は山小屋に戻った。

「お帰りなさい……って、かなり採ってきたね」

ティーガは山小屋に帰ってきたアレク達を出迎え、薬草を受け取る。

大量の薬草。しかも品質の高いものばかりだ。

シオンがまるで我がことのように、自慢そうにティーガに言う。

「アレク君が、薬草の種類や生えていそうな場所を教えてくれたからです！　おかげでたくさん取れました！」

「わわっ、シオン！」

アレクは恥ずかしさに頬を染め、慌ててシオンを止めようとした。

しかし、それをティーガはそっと制し、アレクへ向き直って穏やかに笑う。

「聞いていた話は本当だったんだね。助かるよ。さあ、お昼ご飯にしようか。みんな席について」

「「はい！」」

アレクはまだ顔が熱かったが、元気よく返事をしたライアン達に続いて食卓についた。

ほかほかと湯気が立つスープと、フカフカの白パンを目の前にして目を輝かせる四人。

「さあ、召し上がれ」

「「「いただきま～す！」」」

ティーガに勧められ、皆それぞれに食事を始めた。

柔らかい鶏肉がごろごろ入った優しい味の、シチューみたいなスープは絶品で、四人はがっつくようにして食べている。

それを見たティーガは、ついクスクスと笑ってしまった。

（よかった……英雄学園の生徒だから舌が肥《こ》えているだろうし、もしかしたら料理に満足してもらえないかもって思っていたけど……そんなことはないみたいだ）

安堵《あんど》しながら微笑むティーガに気がついて、ユリーカは恥ずかしそうに俯《うつむ》く。

「す、すみません……お腹が空いてましして」

「ああ、いいんだよ。こちらこそ、気を悪くしたならごめんね」

「いえ。このお料理、凄く美味しいです！」

「それはよかった」

特に、この白パンをスープに浸《ひた》して食べるのが美味しい、とユリーカは熱弁をふるう。

そして、あっという間に昼食を食べ終えた。

「よし！　薬草取りに行ってきます！」

アレク達は勢いよく椅子から立ち上がり、外へ出るための支度を整える。

それを見て「おいおい」と心配そうにティーガは声を上げた。

「まだゆっくりしていたらどうだ？　ついさっきまで、薬草採りをしてたじゃないか」

「もう元気になったんで！」

「俺達もだぞ！」

ライアンは元々そこまで疲れていなかったせいか、ニコニコと余裕たっぷりに笑っている。

シオンとユリーカは昼食がとても美味しく、夕食が楽しみなのでそれまでにお腹を減らしたいと言った。

それぞれの意見を聞いたティーガは、納得して頷く。

「そうか……気をつけてな。ここらには、大して強くはないが魔物が出るんだ。出会ったらすぐに逃げてくれ」

「そうなんですか……そんな中で暮らしているなんて、ティーガさんも大変ですね」

アレクに言われ、ティーガは肩をすくめて笑った。

「俺は慣れたもんさ。ああそれと、この森を抜けた先に大きな川があるので、落ちないように気をつけて。流されてしまうから」

「わかりました！　気をつけます！」

そう言ってアレク達はバタバタと走り、山小屋から飛び出した。

先ほどと同じように、薬草が近辺にないかキョロキョロと見回す。

すると、シオンがあるものを見つけて目を細めた。

「あれは……光ってる？」

「え？」

ピカピカと光り輝く緑色の草。

アレクはそれに駆け寄って優しく摘み取ると、訝《いぶか》しげな顔をする。

「……これ、多分薬草じゃない」

「え？」

「や、薬草じゃないの!?」

驚いて大声を上げたユリーカに、アレクはこくりと頷いて説明する。

「光る草は、薬草だとピカリ草しかないんだ……だけど、これはピカリ草じゃない」

「あっちにもあるぞ」

ライアンが指さす先には、同じように光る草が点々と生えていた。

「……行ってみよう」

アレク達は、光る謎の草を摘み取りながら、どんどん先へ進んだ。

草をたどり森の奥へ向かっているのはわかるが、景色は鬱蒼《うっそう》とした木々から一向に姿を変えることはない。

どこまで深く続くのかと不安に思ったその時、ついに最後の草が見えた。

「あっ、あれっ、見て！」

アレクが最後の草を摘み取ると、シオンが何かを見つけてそう言った。

「これが川かぁ～。でけぇな！」

興味津々といった様子のライアンに、ユリーカが釘を刺す。

「頼むから、川に突っ込まないでよ」

「え？　わかってるって！」

これは、返事だけで絶対にわかっていない——ユリーカが顔をしかめるも、ライアンはどこ吹く風といった様子だ。

アレクはそんな二人に苦笑した後、握りしめた草に視線を移す。

「結局これ、何だったんだろう……あれ？」

そこで、草から何かが剥《は》がれ落ち、手についていることに気がついた。

「この草……コケがついてたのか」

「コケ？」

キョトンとするシオンに、「ほら」とアレクは草を差し出した。

よくよく見れば、アレクの言う通り、わずかに光を放つコケが草に付着している。

「……ほんとだ」

すると、アレク達のやりとりに気づいたユリーカがやってきて、同じく草とコケを観察し始めた。

「あっ、これ、光ゴケだわ！　草についているなんて初めて見たから、気づかなかった」

光ゴケのことは、アレクも聞いたことがある。

普通のコケはじめじめとした湿気の多いところを好むが、このコケは太陽の光がよく当たるところに生えるらしい。

光ゴケを草から取り除くと、光る謎の草はただの雑草へと姿を変えた。

「でも、何で草に光ゴケが……」

「あ！　あそこにもあるぞ！」

ライアンが、橋の上にポツンと落ちている草を指さした。

アレク達はその草も取ろうと、四人で橋を渡る。

木の板とロープでできた橋は、歩くたびギシギシ鳴って、少し怖い。

川に落ちないように気をつけながら草を取り、アレクはそれをまじまじと見た。

「……やっぱり、ただの草だ」

その時だった。

バツンッ

「……へ？」

何かが切れる音が響き、その途端、足を支えていた木の板がなくなる。

「キャアアアアアッ!!」

橋を繋いでいたロープが切れたらしく、アレク達は真っ逆さまに川に落ちた。

肌を刺すような冷たさを感じながらも、四人は息を継ごうと必死に水面から顔を出す。

「プハッ！」

「ゲホッ、エホッ！」

しかし、川の流れが激しすぎて、息をするのもままならない。かといって、水中では体が自由に動かず、魔法を唱える余裕もなかった。

――その時。

『あなた達は……いらない……!!』

誰かの声が聞こえた直後、アレクを除いた三人は川の水によって押し流され、岸に打ち上げられた。

苦しさに咳き込みながらも、三人はその激流に叫ぶ。

「ゴホッ、ゴホッ！　……アレク！」

「あ、アレク君!!」

「待って!!」

三人の叫びもむなしく、アレクの姿は、川に呑まれて消えた。

第二話　双子、驚愕《きょうがく》する

ユリーカ、ライアン、シオンはしばらくアレクのことを捜し回ったが、全《まった》く見つけることができなかった。

仕方なくティーガの家へ戻って事情を説明すると、ティーガは顔を真っ青にして、すぐさま連絡用の水晶で英雄学園に報告してくれた。学園からは、「すぐに向かう」という返事があったらしい。

ティーガはさらに警察に捜索願を出すと、ユリーカ達とともに山小屋でしばらく待機することにした。

やがて警察官がやってきたので、ティーガは改めて事情を話し、一緒に川を捜索しに行った。

ユリーカ達は現場の目撃者ではあるが、溺《おぼ》れかけた身であるため、山小屋での留守番を言い渡された。

三人が山小屋で待っていると、老人姿の学園長とアレクの双子の兄姉、ガディとエルルがやってきた。どうやら学園長が瞬間移動の魔法を使ったようだ。

慌ててきたらしく、いつも美麗なガディとエルルの銀髪は乱れている。

ユリーカ達は、学園長が来たら中に通すことと言われていたので部屋に案内した。

木で作られた椅子に腰を落ち着けると、学園長は安心させるように落ち着いた口調で、三人に問いかける。

「ティーガさんに一通り事情は聞いたが……君達からも、聞いておきたい。一体、何があったのかね」

「……」

特異体質の学園長は毎日姿が変わってしまうが、今の老人姿は小柄で優しげな印象を与える。

そのおかげか、言葉に詰まりながらも、最初にライアンが口を開いた。

「や……薬草取りをしてたんです。もちろん、アレクもいた。そしたら、光る雑草を見つけて……」

「光る雑草？　それは薬草ではないのかね？」

ライアンの代わりに、ユリーカが首を横に振ってポツリと答える。

「いいえ……違います」

続けて、シオンが説明を始めた。

「その雑草には、光ゴケがついてたんです」

「光ゴケが？　偶然ついたのかい？」

「わ、わかりません。でも、その草が点々と続いていて……橋の上に落ちている草を取った瞬間、橋のロープがちぎれて、それで……」

そこまで言って、シオンは俯いてしまった。

「なるほど。わかった。説明してくれてありがとう」

すると、ガディとエルルがガタンッと勢いよく席を立った。

「もう我慢ならない。アレクを捜しに行く」

「アレクが無事かもわからないなんて……！　すぐに、行かなきゃ」

そう言って部屋を出ていこうとする二人に、学園長が声をかけた。

「待ちたまえ」

鬱陶《うっとう》しそうな顔を並べて、二人は不機嫌に「何です」と聞き返す。

その問いかけに、淡々と学園長は答えた。

「まず重要なのは情報収集だろう。三人の話を最後まで聞いたほうがいい。それに今は、ティーガさんと警察の方々が捜索してくれている。現場の調査はひとまず彼らに任せよう」

「だから、俺達も現場の調査に――」

「土地勘のない君達が闇雲《やみくも》に捜しても、きっと見つかるまい。もう一度言う。三人の話を最後まで聞こう」

「……チッ」

静かに舌打ちをしてから、ガディとエルルはまた椅子に深く腰掛けた。

学園長はユリーカ達に向き直り、話の続きを促す。

「それで……川に落ちてからは、どうなったんだい？」

その質問に答えたのはライアンだった。

「……溺れかけたんです。魔法も使えなくて、もうダメかと思って……そしたら、急に声が聞こえてきました」

「声……？」

「あなた達は、いらないって」

その瞬間、バンッ！　とガディが机を力強く叩《たた》いた。

一気に注目を集めるガディだったが、皆の目など気にせず、独り言のように呆然と呟く。

「その言葉……アレクが幼い頃一緒に川へ行った時に、聞いたことがある」

「「「え⁉」」」

「………」

三人は驚きの声を上げたが、学園長は無言を貫《つらぬ》いた。

エルルも当時を思い出したらしく、ポツリポツリと話し始める。

「確か……川で水遊びをしていたの。大して深くなかったから、安心して。そうしたら、急に川の流れが速くなって、アレクが水に呑み込まれてしまった。慌てて私達が助けたんだけど、その時に『あなた達は、いらない』って聞こえたわ。アレクと一緒に川から上がる時も、ずっと頭にガンガンと『やめて』とか『連れていかないで』とか……」

「そうだ。そうだった」

ガディが頷くのを見ると、学園長は顔をしかめながらも口を開く。

「川に何かあるようだな。では、すぐに警察やティーガさんと協力してアレク君を捜そう。……ユリーカさん達はここに残っていい。まだ動くのはつらいだろう」

「っ、いいえ」

学園長の気遣いはありがたいが、じっとしているわけにはいかなかった。

ユリーカ達は早口で学園長に異を唱える。

「待ってるなんてできません」

「私はアレク君が溺れるところを……この目で見てたんです」

「俺達が捜さなきゃ！」

そう言う三人に、学園長は穏やかな微笑みを浮かべた。

「そうか……じゃあ、頑張ろう」

ユリーカ達の目撃情報をもとに、全員で必死にアレクを捜すこと三日間。

しかし、アレクの姿はおろか、手がかりすら見つけることはできなかった。

第三話　アレク、川底へ

静まり返った川底で、アレクは眠っていた。

彼の全身は、大きな空気の泡ですっぽりと包まれている。

魔法で染められていた金の瞳と髪は、すっかり本来の紫に戻っていた。

それを愛おしげに見つめる、人影が一つ。

陶器のごとく滑《なめ》らかな肌には傷一つなく、海を思わせる深い青の瞳は美しい。

つま先を隠すほど長い真っ白なワンピースが水に揺れ、まるで羽のようであった。

人ならざる者である彼女の美しさは、水の底で眠るアレクの目に入ることはない。

それでも彼女は構わなかった。

『……私達の天使。ああ、ようやく……ようやく醜い人間から、救い出すことができた』

桜色の唇から歌うように、言葉が紡がれる。

すると、彼女に複数の人影が近づいた。彼女に比べれば劣るものの、見目麗《みめうるわ》しい少女達だ。

『ウンディーネ様。彼についている穢《けが》れは祓《はら》えましたか？』

『……いいえ。残念ながら、人間の執着は底知れない。この子の穢れはまだ落ちていないわ』

『そうですか……』

ウンディーネ、と呼ばれた彼女が、その長いまつげを伏せた。

『私にもっと力があれば……ごめんなさい』

そう謝って、ウンディーネは空気の泡越しに、そっとアレクに口づけした。

気を失ったままのアレクにどんな言葉をかけようと、反応はないとわかっている。

しかし、彼女はアレクに話しかけ続けていた。

すると、ウンディーネの周りにいた少女達が、突然ざわめき始めた。

『いけません……!!　シルフィードが来ます!!』

それを聞いて、ウンディーネはカッと目を見開く。

『……ただちに全力で迎え撃ちなさい！　彼を守るのです！　穢れは……記憶はまだ完全には消し去られていない！』

『はっ！』

少女達はアレクを守るように取り囲み、戦闘態勢を取った。

遠くから竜巻のようなものが近づいてきて、少女達のもとにたどり着いた瞬間、霧散《むさん》した。

竜巻の中から、一人の少女が出てくる。

淡い黄緑色の髪に金の瞳を持つ彼女は、ウンディーネに引けを取らない美貌《びぼう》を持っていた。

ぎり、と歯ぎしりしながら、ウンディーネは少女を睨む。

『何用ですか！　シルフィード！　ここから消えなさい！』

シルフィードと呼ばれた少女は、愉快げに口元を緩める。

『あら、用事はあるわよ。あなたが持ってるその子、ちょうだい。欲しいの』

純粋な己《おのれ》の欲をさらけ出すシルフィードに、さらに眼光を鋭くして睨みつけるウンディーネ。

『断ります。彼は、私達のものです』

『そんなの誰が決めたの？　神様？　……いいえ、違うはずよ！　きっと神様は、私達がこの子を取り合うことを予想してたハズだわ。こんな風にね！』

ブオンッ！　と鋭い魔力の刃を発生させ、シルフィードが突進した。

アレクを守っていた少女達は、突然の出来事に驚いて飛び散ってしまう。

シルフィードの放った刃はアレクを包む空気の泡に命中し、容易に泡を破壊した。

『しまった!!』

ウンディーネは急いでアレクを抱え、地上を目指す。

川から顔を上げ、アレクが問題なく呼吸していることを確認してほっとするウンディーネ。

すると、その場に凛《りん》とした声が響きわたった。

『助かったつもりかしら?』

見れば、周りをシルフィードと似たような雰囲気を持つ少年達が取り囲んでいる。

『シルフどもめ……』

ギロリと睨むような視線に囲まれながらも、負けじとばかりにウンディーネはアレクを抱きしめる。そんなウンディーネに向かい、シルフィードは手を差し出した。

『さあ、彼を渡してちょうだい』

『……何度も言わせないで。断ります』

『へぇ』

返事を聞いて、シルフィードがつまらなそうにパチンと指を鳴らす。

それを合図に、シルフ達が一斉にウンディーネに飛びかかった。

——その時。

ザクッザクッ

『！　人間の足音……』

それに気づいた途端、ウンディーネを囲んでいたシルフ達は姿をかき消した。

悔しそうに舌打ちしながらも、『覚えてなさい』と背を向けるシルフィード。

ウンディーネやシルフィード達精霊には、人間に姿を見られてはいけない、という暗黙のルールがある。

ウンディーネはアレクを連れてまた川底に潜りたかったが、空気の泡を作る時間がない。

近づいてくる人間を疎《うと》ましく思いながら、仕方なく川に身を沈めた。

「……え？　男の子……紫髪？」

戸惑いの声が聞こえてきて、悔しさで唇を噛むウンディーネ。

『おのれ……亡霊風情が』

やってきた人間に担がれ去っていくアレクを、瞬《まばた》き一つせずじっと見つめる。

『必ず――必ず、取り返すから』

自らの決意を、ウンディーネは無念とともに口にした。

◆　◆　◆

川に現れた女性はルイスといい、水汲みの仕事をしていた。

彼女が暮らすルフィーネ王国には滅多に雨が降らず、長年水不足に悩まされている。

そのため、ルフィーネには川から水を運ぶことを生業《なりわい》とする「水運人《すいうんにん》」という者が存在する。

単純労働ではあるが、重い水を運んで一日何往復もするため、あまりやりたがる人はいない。

だから水運人は大変重宝され、それは取柄《とりえ》のないルイスにとってありがたいことだった。

川に到着したら、馬車の荷台に積んだ水甕《みずがめ》を五十個取り出す。そして、その中の一つを持ってゆっくり川へと向かった。

「——あら？」

ふと、紫色の何かが目に入ったが、花でも咲いているのだろうと思い、そのまま近づいていく。

「……これは」

水を汲もうと川辺に腰を下ろした時、紫色の正体に気づいた。

ルイスは思わず、その紫色を二度見する。

「……え？　男の子……紫髪？」

何度瞬《まばた》きしようが、目を擦《こす》ろうが、川には紫色の髪を持つ少年が浮かんでいる。

それは、穏やかに眠っているようにも見えた。

ルイスははっと我に返り、ザブザブと音を立てながら川に入る。

「助けなくっちゃ」

そっと少年を抱き上げると、驚くほど軽い。羽を抱いているような気分になりながら、ルイスは川から上がり、自分と少年に魔法をかける。

「風よ。我と、かの者を包みたまえ……ドライ」

乾燥の魔法は、ルイスと少年を優しく包み込む。

胸は規則正しく上下していて、呼吸は安定していることが見て取れた。

そのことに安堵《あんど》しつつ、ルイスは少年の顔をもう一度覗き込んだ。

「……この子、どこから流れてきたのかしら」

まるで紫の花を溶かしたかのような綺麗な髪。この辺りでは見ない外見だ。

少年の姿をしばらく見ていたが、はっと自分の仕事を思い出す。

「ああ！　そうだった！　水を汲みに来たんだったわ」

ルイスは少年を地面に寝かせ、次々に水甕に水を入れていった。

◆　◆　◆

「待て。ああ、ルイスか」

「はい。こんにちは、兵士さん」

ルフィーネ王国はごく小さな国で、街は一つしかない。他国との交流もほとんどなく、人々はひっそりと暮らしていた。

そのため街の人々はほとんど顔見知りで、街の門を守護する兵士は、馬車からルイスが顔を出したのを見て、表情を緩ませた。

守護役の兵士は四人おり、ルイスを見て「おお」と挨拶をする。

「ルイス。お勤めご苦労様。今日も貯水湖に行くんだろう？」

「はい。今日汲んだ水を入れに行かなければなりませんので」

ニコニコしながら己の青髪をかき上げるルイスに、兵士は温かい視線を送った。

「なあルイス。俺は、昔っからお前のことを見てきたけどよ……。いつもいつも働きっぱなしだからよ、たまには休んだらどうだ？　その、何だ。立場的にはつらいこともあるだろうけど、どこか遊びに行ったたっていいんだぜ？」

その言葉にルイスは嬉しそうにはにかみながらも、力なく頭《かぶり》を振った。

「いいえ、私は城で働かせていただきます。これこそが私の罰なのですから」

ルイスは微笑みながら「では」と再び幌《ほろ》の中に戻り、それを合図に馬車はゆっくりと進み出す。

馬車の御者と兵士の目が合ったが、どちらも決まり悪そうに視線を逸らした。

ルイスが去った後、兵士達は顔を見合わせる。

「……罰ってか。そんなもの、ルイスにはねぇよな」

「それがあるのは、むしろ国王様だろ。ったく、可哀想《かわいそう》なことをしやがる……」

兵士達はルイスの乗った馬車が去っていくのを、目を細めながら見送った。

◆　◆　◆

ルイスはまず貯水湖に向かい、大量に汲んできた水をすべて入れることにした。

ドボドボと音を立てて注がれていく水を、いつものようにボーッと見ながらルイスはため息をつく。それからくるりと振り返って、馬車を見つめた。

「あの男の子、どうしよう。紫髪だし……異国の子よね。一回、国王様に相談してみなくちゃ」

そう独り言を呟いた直後に、水をすべて注ぎきった。

額に浮かぶ汗を拭《ぬぐ》って立ち上がり、馬車の運転手にそっと囁《ささや》く。

「終わりました。城までお願いします」

「……はい」

とても小さな声が返された。

ルイスはニコリと運転手に笑いかけ、馬車の中に移動する。

カタン、と音を立てて馬車は移動を始めた。

◆　◆　◆

「……？」

パチ、と目を開けた少年を見て、ルイスは少年に駆け寄った。

ベッドに寝かせていたが、それが窮屈《きゅうくつ》なのか、少年は無言で身じろぎする。

虚空《こくう》を映したかのような瞳は、髪と同じ鮮やかな紫色。

ルイスは改めて少年の顔を覗き込んで、はぁ、と感嘆のため息をついた。

（何て綺麗な瞳なんだろう……）

その時――少年の瞳に、光が灯った。

「――!!」

バチン、と大きく瞬きをした少年は、ルイスを見てさっと表情を歪《ゆが》めた。

声にならない悲鳴を上げ、シーツを手繰《たぐ》り寄せて震え出す。

その様子を見て、ルイスは慌てて少年に話しかけた。

「大丈夫よ。私はルイス。川で流されてきたあなたを拾ったの。決して、あなたを傷つけるような真似《まね》はしないわ」

「……」

少年は、疑いの眼差《まなざ》しでルイスの目をじっと見た。

本当だ、という意味を込めて、ルイスがその瞳を見つめ返すと、少年から掠《かす》れた声が発せられた。

「………るい、す」

咄嗟《とっさ》に「ええ」と返事をして、ルイスは答えた。

「私はルイスよ。あなたは？」

質問を投げかけると、少年の華奢な肩が震えた。握っていたシーツを手放し、己の手のひらを見つめてポツリと呟く。

「……思い出せない」

「え？」

ルイスは戸惑いつつ質問を重ねる。

「どこから来たの？　家族や友達は？」

泣きそうな声で、少年はルイスに再度告げた。

「何も、わかんない」

「……まさか」

ルイスは幼い頃、今は亡き母に教えられた、とある昔話を思い出した。

――その者はティファン。天界から使わされし、幻の天使。それを生かすも殺すも自由。そばに置けば永遠の富と繁栄を約束されるであろう……まあ、単なるおとぎ話だけどね。ティファン様は唐突に目の前に現れて、拾った者を救ってくれるんだって。この国に伝わる、おとぎ話よ。

母のそんな言葉が蘇《よみがえ》る。

「ティファン様……？」

「てぃふぁん……？」

少年はルイスにじりじりと近寄り、その言葉をオウム返しに呟いた。

事情はわからないが、どうやら少年は記憶喪失のようだ。ルイスは頭を抱えた。

「ああ……どうしましょう。もうじき話を聞いた国王様がおいでになる……このことを知ったら国王様は……」

きっと、この天使を我がものにしようとするに違いない。

この少年が天使ティファンだと確定したわけではないが、紫髪という珍しさから国王は面白がって利用しようとするに決まっている。それはあまりに可哀想だ。

少年のことを何と説明しようか、と思い悩むルイスの耳に、ドアをノックする音が響いた。

部屋に入ってきたのは、最近肥満気味の国王バトラーと、それに付き添う王子、ケインであった。

じろり、と国王とケインに睨まれて、ルイスは後ずさりする。

「あっ……」

思わず声が口から漏れ、カタカタと手が震え始める。

そんなルイスを鼻で笑い、バトラーは問いかけた。

「おい。紫髪の者というのはどこに」

「……は、い。ここに」

その時、キュッと後ろから服の裾が握られ、ルイスは驚いて振り向いた。

見れば、少年が不安そうな顔をして真っ直ぐにルイスを見ている。

怯《おび》えているのかと思い、ルイスは咄嗟に落ち着かせようとした。

しかし、少年の口から飛び出した台詞《せりふ》は、思いもよらないものであった。

「ルイス……大丈夫？」

「……え」

何と、ルイスを気遣っていたのだ。

見知らぬ土地で、よくわからない状況にいるというのに、先ほど出会ったばかりのルイスを。

ルイスは驚きと動揺のあまり、声が出なかった。

すると、少年に気がついたケインがルイスを突き飛ばした。

「キャッ」

「！　ルイス……」

「わあ～！　コイツ、すっごい綺麗な目ぇしてる！」

突き飛ばされたルイスは、短い悲鳴を上げながらも、ベッドの上にボスリと音を立てて倒れただけで無傷だった。

ルイスに駆け寄ろうとする少年に、ケインは詰め寄る。

「ねえ！　お前、名前は？」

「……思い出せないの」

か細い声で答えた少年に、ケインは少し驚いた様子を見せた後、勢いよく抱きついた。

パチパチ、と何度も瞬きする少年をよそに、ケインはそっと囁く。

「大丈夫。お前は、僕が守ってあげるから」

「……？？？」

ギュウ、と力強く抱きしめられてちょっと苦しい。

ようやく解放されて息をつき、ケインを見つめる。

金髪に金の瞳の、中性的な顔立ちだ。

しかし――その瞳には、強い意志を感じた。

何がなんだかわからないまま、紫髪の少年は瞬きを繰り返す。

ケインはくるりと向き直って、バトラーに尋ねた。

「父上！　コイツ、僕が貰ってもいいですか？」

「……ふむ。なるほど。瞳が実に美しいな。おとぎ話の天使を思い出す。ルイス。この者は記憶がないのか？」

「あ……はい。自分の名前も……暮らしていた場所も、思い出せないようです」

ルイスがたどたどしく答えると、バトラーはふむ、と頷いた。

「ケインが気に入ったみたいだしな……」

その時、ルイスの部屋のドアが軽くノックされ、静かにキイと開いた。

振り返るとそこには兵士が複数人立っている。バトラーは怪訝《けげん》そうな顔をした。

「そんなにゾロゾロ引き連れて、一体何事だ」

「……ご報告します。我が国の領土である東の荒地から突如として水が溢れ出し、わずかに草が芽生えております」

「……はぁ？」

戯《ざ》れ言《ごと》のような言葉を聞いて、バトラーは思わず間の抜けた声を漏らした。

他の兵士達も信じられないという顔で、現状の報告をする。

「地面から水がどんどん溢れて、枯れた地に吸い込まれていきます!!」

「それと……霧？　のようなものも」

「水と同時に、真っ白な光が出てきました!!」

「光……？」

バトラーはさらに眉をひそめた。

しかしケインは喜色満面で明るく叫ぶ。

「コイツが来たからだ!!　コイツが来てくれたから、きっとそんなことが起こったんだ!!」

「え、あ、う？」

全く状況が呑み込めていない紫髪の少年は、戸惑いの声を漏らす。

「その方は……？」

兵士の一人が尋ね、ケインが得意そうに説明する。

「川に流されて我が国に来たところを、ルイスが助けた。おとぎ話の天使と同じ紫の髪と瞳……しかも奇跡をもたらすなんてな」

ケインは「そうだ！」とバトラーに提案した。

「コイツの名前、『ティファン』っていうのはどうですか!?」

「ティファン……おとぎ話の天使、か。よかろう。今からそなたの名はティファン。儂《わし》の息子だ」

わっと人々から歓声が上がった。

ただ一人――ルイスだけが、悲嘆の滲む声で「ああ……」と唸った。

◆　◆　◆

その夜。今やルフィーネ王国の第二王子となったティファンは、ルイスの寝室にいた。

いくらケインが気に入ったといっても、拾ってきた子供を王子にするなんて前代未聞だ。手続きや周囲の説得など、いろいろ時間がかかるだろうな、とルイスは考えた。

ケインの要望により、ティファンは明日からケインの部屋に行くのだが、今日だけはルイスの部屋に留まることを許された。

ルイスは椅子に深く腰掛けながら、ふう、とため息をつく。

その視線は、向かい合ってベッドに座るティファンに向けられている。

「まさか、あなたが……いいえ、あなた様が王族になられてしまうなんて、思ってもみなかったです」

「ルイス……なんか、丁寧？」

キョトン、と可愛らしく小首を傾げる少年に、ルイスはクスリと笑う。

「ああ。言葉遣いのことですね。それは、王族に対する敬意の表れですよ」

「敬意なんて……いらない。僕は僕。そんなのやだ」

「……しかし」

「元に戻って」

澄んだ紫色の瞳が、ルイスを真っ直ぐに射貫いた。

しばらくその瞳に見惚《みと》れていたルイスだったが、やがて観念してため息をつく。

「……わかったわ。他に誰もいない時にだけ、こうやって話すわね」

「！　ひみつ？」

「ええ。私とあなた、二人だけの秘密。さあ……もうベッドに入りましょう。夜は冷えるわ」

ティファンは微笑み頷くと、素直にベッドの毛布にくるまった。

その横にルイスが寝転がり、ロウソクの火を消す。

部屋が真っ暗になったことに驚いたティファンは、ベッドから飛び出そうとした。

そんなティファンを宥《なだ》めて、ルイスが魔法を使う。

「ライト」

ぽう、とルイスの手のひらに、光る球体が出現した。

その光に当てられ安心したのか、ティファンは静かになる。

すると、ルイスがポツリと独り言のように呟いた。

「……あなたには、私みたいになってほしくない」

「え？」

ティファンが怪訝に思って顔を覗き込むと、ルイスは切なげに微笑みながらも語り始める。

「私……実は、国王様と妾《めかけ》の子なの」

「めかけ？」

「正妻であるお妃様ではない女性のことかな。国王様が私の母さん……文官の娘を気に入って、妾にしたの。そして、生まれたのが私。だけど……お妃様は私達のことをひどく嫌っていた。陰険な嫌がらせだって後を絶たない。母さんは耐えかねて亡くなったわ……。それからお妃様の進言により、王族としての身分は失われた。……国王様も母さんに愛想を尽かしたのでしょうね。私は、どうにかこの城で、住み込みの水運人をやらせていただいてるの」

「すいうんにん？」

「水を運ぶ仕事。それでティファンを見つけた」

ルイスの長いまつげがそっと伏せられた。

ティファンはしばらく押し黙った後、口を開く。

「悲しいの？」

「……え？」

「ルイスは、お父さんにそんなことされて、悲しいの？」

「そんな、ことは……」

考えてみれば、自分の父は国王だ。

だが、ルイスは生まれてから、父という存在を認識したことがなかった。

そこには戸惑いが生じる。

「悲しい……？　私、が……？」

「お昼に来た人が、王様なんだよね？」

「……ええ。あなたの義理のお父様ということになるわ」

「じゃあ、男の子は？」

「彼はケイン。ケイン・カルロス・フルール・トルン・ルフィーネ。今は確か十六歳の、国王様のたった一人の息子かな」

「ケインは、ルイスの弟なの？」

「……そうなるのかな。私はもう十七だし」

指を折りながら答えたルイスを見て、ティファンは眉を八の字にした。

「……ルイス、悲しい顔しないで」

「してる？　私、悲しい顔」

こくん、と無言でティファンが頷くと、ルイスはギュッと彼を抱きしめた。

「ルイス？」

「そうね。悲しくなっちゃった。今だけでいいから、そばにいさせて……？」

やがて、小さな嗚咽《おえつ》がティファンの耳に響いた。

◆　◆　◆

夜が過ぎ去り、朝になった。

ルイスとティファンが起きて、身なりを整えていると、早速ケインがやってきた。

「おはよー、ティファン」

「っ!!」

「……おはよー」

ルイスの体がこわばり、震え始める。

それを見たティファンは、なるべくルイスのそばにいたかったが、ここはケインと部屋を離れたほうがよさそうだと判断した。

「もう行く。じゃあね……ルイス」

「あ……はい」

バタンとルイスの部屋のドアを閉め、ティファンは息をついた。そして改めてケインを見つめる。

「……どこ、行くの？」

「どこって、もちろん朝ご飯だよ。もう食べちゃった？」

「……まだ」

「じゃあ問題ないね」

ケインはティファンの手をつかみ、「行こう」と笑う。

その姿が、不意に誰かと重なった。

「っ!!」

ケインのような金髪ではなく、輝く美しい銀髪。

笑顔ではない、ちょっとしかめっ面《つら》の少年。

「……ティファン？」

「あ……」

幻想は、すぐに消えてしまった。それが誰だったかは思い出せない。

「ボーッとしてどうしたの？」

「……何でも、ない」

ティファンは歩きながらも考え続けた。

（もしかして、今のは……僕が忘れてしまった人？　時間が経てば思い出すかな）

その人がどれだけ大切だったか、わからずに。

◆　◆　◆

「――国王様」

玉座のそばに来たのは、文官の一人であった。

国王はその姿を確認すると、「申せ」と小さく言う。

「ティファン様は、記憶が混濁しています。本当に天から使わされし天使なら……きっと、我が国に繁栄をもたらしてくれるでしょう。しかし、ただの人間であり、記憶喪失だったのなら……この国を出ていってしまうでしょうね」

「それは、ならん。ティファンは今や、この国の希望なのだ。あの子がいなくなれば……」

「……」

「それと、謎の現象について何かわかったか？」

謎の現象とは、水が地面から溢れ、草が生えたことだ。水不足のルフィーネで、自然な現象だとはまず考えられない。

「申し訳ありません。何もわからないままです」

「……もうよい。下がれ」

小さく礼をして、文官はその場から去っていった。

◆　◆　◆

「ごちそうさまでした……」

「よかった、全部食べてくれたんだ」

自室で朝食を終えて笑いかけるケインに、ティファンは「美味しかったから……」と返事をする。

「やっぱり美味しいよね、ケイン」

「……え？」

なぜかケインはティファンではなく、自分の名前を呼んだ。

「あ」

バッと口を塞いで、ケインは首を横に振る。

「何でもないよ。何でも……」

「ん」

ティファンが短い返事をすると、ケインは椅子から立ち上がって告げた。

「今から国王様のところに……父上のところに、行ってくる」

「わかった」

ティファンは小さく頷いた。


しばらくして部屋に戻ってきたケインは、先ほどと違って溌剌《はつらつ》としていた。

ティファンにはケインがどこか無理をしているように感じられたが、なぜそう思ったのかはわからない。

ケインは一日中、ティファンにこの国の気候や歴史、街の人々のことなどを教えてくれて、この日は床《とこ》についた。

第四話　ケイン、夢を見る

——安心して。

私は、成りすましてみせる。

あなたがなりたかったあなたに。

あの日常はもう、失われてしまった。

切り捨てられた過去には、もう二度と戻ることはできない。

それは、紛《まぎ》れもない事実。


「――あ」

ズキン、と走った奥歯の痛みによって、ケインは飛び起きた。

どうやら、歯を無意識に食いしばっていたらしい。

ふと横を見ると、ティファンがスヤスヤと安らかに寝息を立てている。

「……ふう」

安堵と焦りの入り混じったため息をつき、ケインはティファンの髪を撫でた。

昔は、撫でられる側だった。

あの優しい手が、夢に出てきたのは久しぶりだ。

「もう、いないっていうのに」

だが、それでも。

この小さな国の王子として、ケインは暮らしていかなければならなかった。

「己を捨てろ。心を捨てろ。心とはすなわち、人の弱さなのだ……」

父に何度も聞かされた言葉。呪文であり、戒《いまし》めでもあるそれは、ひどく胸を締めつける。

落ち着きを取り戻したケインは、再度ティファンを見た。

むにゃむにゃと寝言を繰り返すティファンに、思わず顔がほころぶ。

「やっぱり、似てるなぁ……無防備に寝顔を晒《さら》すところとか、ほんとそっくりだよ。ちょっと苦しいけど、この子にはここを早く出てってもらわないと……」

己の決意を口にし、ケインは凛々《りり》しく口を真一文字に結んだ。

これしか方法がない、と言えば嘘になる。

しかし、この国と外との繋がりを絶つには一番手っ取り早い。

それに、彼との約束でもあった。

『大丈夫。お前だけは守ってみせるよ。たとえ、この命にかえても……』

正直だった彼は、最後まで自分を貫き通した。

それに引き換え、自分は大嘘つきだ。

でも、嘘を突き通すしかない。

彼のために――自分のために。

結局は、己を守るためだけでしかないから、きっと彼には鼻で笑われてしまうであろう。

「……おやすみ」

ティファンに改めてそう言って、眠りにつく。

さあ、早く。

早くこの子を追い出すのだ。

◆　◆　◆

「ん～……」

翌朝、ティファンは若干寝ぼけながらも、布団からモゾモゾと這《は》い出た。

ベッドの縁《ふち》に座ってしばらくボーッとしていると、部屋がノックされる。

「失礼……します」

「!!　おはよう、ルイス！」

声を聞いたティファンは目を輝かせ、扉に駆け寄った。

ルイスは嬉しそうに顔をほころばせながらも、そっとケインを見る。

ケインは熟睡中だ。安心して一息つくと、ルイスはティファンに向き直った。

「よかった……ケイン様はまだお眠りのようね」

その言葉に、ティファンは疑問を抱く。

「眠ってたほうがいいの？」

「ええ。ケイン様は女性が苦手だから。特に少女とか」

「そうなの!?　ルイスだけじゃなくて？」

そう聞かれ、ルイスは驚いて目を見開く。

「……私のことが苦手って、わかってたのね」

「うん。なんか、ちょっと冷たいかなって。それに、ルイスもいっつも怖がってるじゃん。ケイン、ああ見えて優しいんだよ？」

「……そうね」

部屋に置いてあったポットのお湯を入れ替え、ルイスはティファンに笑いかけた。

「そうそう、今日はティファンのお披露目の日よ」

「おひろめ？」

「うん。国民のみんなに紹介するの。ティファンを」

「しょう、かい……？」

ティファンは状況が呑み込めず、不思議そうに首を傾げた。

第五話　双子、語りかける

アレクの捜索を始めてから三日、ガディとエルルは休むことなく捜し続けていた。

しかし、何の手がかりも得られない。

そこで二人に、とある考えが浮かんだ。

学園長、ライアン、ユリーカ、シオンの四人を引き連れて、ガディとエルルは川へと向かう。

今日の学園長は少年の姿で、ライアン達と紛れて生徒のように見えていた。

「な、何なんだい。一体……」

「ガディさん？　エルルさん？」

「いいから」

「ついてきて」

何度も捜した。しかし、今向かっているのはアレクが落ちた場所より上流だ。

こんなところに来てどうするのか。

疑問に思う四人をよそに、ふと立ち止まり、川を無表情で見つめるガディとエルル。

「やはり、上流だったか」

そう呟いたガディに、エルルが頷く。

これまで壊れた橋の周辺や、そこから下流しか調べていなかったが、何も見つからなかった。

犯人に心当たりがあるガディとエルルは、だったら上流が怪しいのではないか、と考えたのだ。

するとガディが珍しく抑揚のついた声を張り上げた。

「よう。久しぶりだな」

その途端、あれだけ激しかった川の流れが止まる。

学園長達四人は困惑して川を凝視した。

続いてエルルが叫ぶ。

「忘れたとは言わせないわよ。小さい頃、何度も会ったじゃない」

ゆらりと川が揺れた。エルルの言葉に応《こた》えるように、水が川面から弾け飛ぶ。

パアンッ！

「！」

「…………」

ガディとエルルの後ろにいた学園長達は息を呑んだ。

現れたのは美しい女性。真っ白な陶器のごとき肌に、海のように深い青の髪と瞳。

肌と同様に染み一つない真っ白なワンピースは、風に煽《あお》られてヒラヒラと舞っている。

その彫刻のような美貌は——実に不愉快そうに歪んでいた。

女性はガディとエルルを睨みつけ、桜色の唇を開く。

『何なの？　また邪魔をするつもりなの？　人間風情が』

「人間風情？　はっ、笑わせる。アレクはお前のものじゃない。それにアレクも人間だ。そして……俺達の弟だ」

「そうよ。本当に、あなたもしつこいこと……でも、その姿を見るのは初めてね。今まで目眩《めくらま》しをして隠れていたのに、ようやく姿を現す勇気が出たのかしら」

負けじと双子が言い返すと、女性は不愉快そうだった顔をさらに歪めた。

『……私はウンディーネ。本来なら、人間風情が私達精霊を見ることはできないのだけど……あなた達は彼の関係者だから、特別に許してあげるわ』

人間に姿を見せるのは掟《おきて》を破ることにはなるが、彼らにはすでに存在を知られている。それに、あの紫髪の天使を救うためにはやむを得ないとも思った。

「偉そうだな……」

「むかつくわね……」

口々に不満をこぼしながらも、ガティとエルルはここで逃げられては困ると思い、どうにか堪《こら》える。

「なぜアレクを狙う。いつも、いつも。アレクはお前らにとって一体何なんだ」

『……何って言われても。彼は生まれた瞬間から、私達の天使だもの。ただ、それだけよ。その天使が人間に……汚いものに触れられていると、怒りがこみ上げてくるの。どうしても』

「……怒り、ねぇ」

そう呟いたガディは、フッと小さく口の端をつり上げる。隣で、エルルも同じ表情をしていた。

「おかしいわよ。そんな安っぽい理由じゃ」

『……何がおかしいの』

『安っぽい……？』

ピクリとウンディーネは眉を動かした。

「そうだ。触れられたくらいでいちいち怒りを感じてたら、俺らは何なんだよ。生みの親にはアレクと引き離されるわ、知らない奴らになぜか学園に入れられてるわ。しかも、ちょっと目を離すと事件や騒ぎに巻き込まれてるんだぞ」

「……今、若干私への愚痴《ぐち》も入ってたよね？」

学園長がぼそりと言うと、何と返していいのかわからずユリーカ達は目をそらす。

その時、ウンディーネがユリーカ達三人に気がつく。

『あら……また来たの？　言ったじゃない。あなた達は……』

「あなた達は、いらないって？　じゃあ、アレク君を返してよ！　そうしたら帰るわ！」

『……無理、よ』

「どうして？」

『だって……だって！』

ウンディーネはその美貌をくしゃくしゃにして答えた。

『彼は人間にとられてしまったもの!!』

「……何だって？」

ガディとエルルは、睨みをさらに鋭くし、ガディが問う。

「とられたって……誰に」

『女。着ているものは質素だったから、多分平民だと思うわ。青色の髪だった……。川を下った先にある小国、ルフィーネの者だと思う。その女が彼を連れ去ったの』

「よし。じゃあルフィーネに捜しに行くぞ」

くるりと向きを変え、双子が川下へ向かおうとした瞬間、ウンディーネが『待ちなさい！』と声を張り上げた。

『私なら、ルフィーネまで早く運んであげられるわ。歩いていくと一日はかかる』

「……へえ？　どういう風の吹き回しだよ？　さっきまで敵対心しかなかったじゃねえか」

ガディが興味深そうに尋ねると、ウンディーネは少し俯いて答える。

『私達精霊は、本来人間に姿を見せられない。だから、彼を助け出すことも不可能……。でも、あなた達ならそれができる。約束しなさい。もし彼を救い出せたのならば、一度でいいから彼と会わせて。連れ去るなんて、もうしないから』

それにエルルが不機嫌そうに答える。

「嘘おっしゃい。お前なんて信じないわよ」

『本当よ!!　お願い!!』

懇願《こんがん》するような表情で、ウンディーネが鋭く叫んだ。

それを見て、はあ、とため息をつくガディとエルル。

「おい、学園長」

「……何だい」

「ここから瞬間移動するのと、コイツに運んでもらうのとどっちが速い」

「瞬間移動は、移動先の正確なイメージがないと使えない。私はそのルフィーネには行ったことがないからね。運んでもらったほうがいいよ」

「……てわけだ。今回は、力を借りてやるよ」

ドスッと地面に座り込んだガディに、エルルが困惑しながら問いかける。

「いいの？　信用できないし、もしアレクがまた連れ去られたら……」

「連れ戻せばいいだろ。今はとにかくアレクを救い出す……いいな!!」

鋭くウンディーネを睨みつけるガディ。

ゴクリ、と唾を呑み込む音を響かせながらも、ウンディーネは深く頷いた。

『……ええ』

「なら、とっとと運べ。早く」

後ろにいた学園長達も、ガディとエルルに走り寄り、全員が真っ直ぐウンディーネを見据えた。

ウンディーネはガディ達に言い放つ。

『多少乱暴になるわよ』

「構わねーさ」

ガディが笑って応え、コクンと残りの全員も頷いた。

その途端、川の水が盛り上がり、全員を一気に丸呑みにする。

『さあ……いらっしゃい！　ここは私達の王国よ！』

ザプン、という残響を残し、その場には何も残らなかった。

◆　◆　◆

警察とともにアレクを捜したティーガだったが、結局成果はなく、家に帰った。

しかも、学園長やアレクの兄姉、ユリーカ達生徒三人もいなくなってしまったのだ。

(やはり、校外学習なんて受けるべきじゃなかったな)

ため息をつくと、罪悪感を振り払うように首を振り、ティーガは二階へと上がった。

部屋に入った、その時。

「……？」

何かが、きらりと光った。

それは一本の剣だ。あの時からずっと置いてある、少し小さめの綺麗な剣。

ティーガの脳裏に、ふと一人の面影が浮かび上がる。

『――』

微《かす》かに、声が聞こえた気がした。そんなはずはないと思いながらも、ティーガは剣に近づく。

『――ンを、助けて。ル――ネが、危、な』

「！」

間違いなく聞こえた。

その言葉にティーガは思わず剣をつかみ、家を飛び出した。

◆　◆　◆

「……さんっ……ディさん……ガディさんっ！」

「っ！」

シオンに体を揺すられ意識を取り戻したガディは、ガバッと勢いよく飛び起きた。

辺りを見回し、呆然と呟く。

「ここ、は……」

「ルフィーネ王国の近くみたいだ」

学園長はぐるりと辺りを見回し、そう答えた。

「さっきから気になってたけど……ルフィーネって何なんだ？」

ライアンの疑問に、学園長が人差し指を頬に当てて説明する。

「ルフィーネは、小さな王国だよ。あまり目立たないけれど、それなりに長い歴史を持つ。長年、水不足に悩まされていてね」

「水不足って……この川から水を運べばいいのでは？」

そう聞くユリーカに、学園長は顔をしかめて言った。

「そう思うだろう。でも、この川の水は直接飲むと、腹を下す。水を運び、ろ過して使わなければならない……でも、それには労働力が不足している。そんな不毛の地のせいか、他国との交流はあまりないね」

「枯れ果てた国だからな」

ガディはルフィーネのことを知っていたらしく、学園長の話にそう相槌《あいづち》を打った。

するとと、姿が見えなかったエルルが戻ってきた。

「気がついた？」

「エルル」

「昔っから、水だけは駄目ね」

くすり、と笑うエルルにガディは渋い顔をした。ガディは水魔法は得意だが、泳げないのだ。

「それより、どこに行ってたんだ」

「ルフィーネへの道を探してた。多分こっちよ」

「じゃあ、歩くか……」

自らの疲れた足に活を入れ、ガディは立ち上がった。

それから、歩くこと数十分。

「もうそろそろ見えてきてもいいはず……あ、あれよ……って、え？」

エルルは目に入った景色に驚いて全速力で駆け出し、他の皆も慌てて続く。

はっきりとそれを確認した瞬間、全員がピタリと足を止めた。

「……嘘、だろ？」

ガディの口から漏れたのは、そんな言葉。

「何、だ……この緑と水は」

そこには、枯れ果てたはずのルフィーネの大地が命を取り戻した姿があった。

「馬鹿な。ルフィーネは水不足だったはず……」

「ここまで回復してるなんて、どんな凄腕の魔術師を呼んだのかしら」

ガディとエルルは困惑して、その景色を見渡す。

すると、学園長が戸惑いながらも促した。

「とにかく、今はルフィーネに向かおう。何かわかるかもしれない」

それに真っ先に反応したのはライアンであった。

「そーだな！」

続いて、ユリーカとシオンが同意する。

「……そう思います」

「どうなっているか、確かめましょう」

そうして、学園長を先頭にルフィーネへと歩を進めた。


しばらく歩くと、ルフィーネの街の門の前にたどり着いた。

四人の門番が学園長達に気がつき、制止する。

「止まれ！　何者だ？」

「……私達はトリティカーナ王国の英雄学園から来た。生徒の一人が行方不明で、捜索中なんだ。悪いが、中に入れてもらえるか」

学園長が懐《ふところ》から身分証明となるカードを取り出すと、兵士はそれをチェックして返した。

「構わんが……そちらの二人。えれぇ似た顔してるな」

訝しげな顔でガディとエルルを凝視する兵士に、ガディが淡々と答える。

「俺達は双子だからな」

「「「ふ、双子ぉ!?」」」

四人の兵士達が一気にその場から退いて、双子と距離をとった。

その反応に、エルルは眉をひそめる。

「何なの、そんなに慌てて」

「ふ、双子だなんて、不吉の象徴じゃねーか。異国じゃ違うのか？」

ガディとエルルは耳を疑ったが、ガクガクと震えながら顔を真っ青にして話す兵士を見れば、本気で言っているのだと確信できる。エルルはため息をついて答えた。

「ええ。少なくとも、私達の住むトリティカーナ王国では、そんな見方はされないわ」

双子は、不吉を呼ぶ――ルフィーネ王国じゃ、そう信じられているのだろう。

ガディがぶっきらぼうに、未《いま》だ怯える兵士に言った。

「別に、双子だからって大したことはない」

「そ、そうか……だが、兄ちゃん達。どっちかでもいいから、顔をマントか何かで隠したほうがいいぜ。この国で双子なんか見つかったら、即刻ひっ捕らえられるからなぁ……」

「……あなた達、見過ごしていいの？」

今の発言からすれば、ガディとエルルも門を通すつもりなのだろう。

エルルが疑問に思って尋ねたが、兵士達は困ったように顔を突き合わせた。

「そりゃあ……見つかったら、怒られる程度じゃすまないけどよ。双子だからって捕まえる、という考えは、俺らには当てはまらないんだよ」

「そうそう。それに、異国じゃ別にどうってことないってわかったしなぁ」

互いに頷き合う兵士達に、エルルは穏やかに笑いかけて礼を口にした。

「忠告、感謝するわ」

「なになに。別嬪《べっぴん》さんだからオマケだ、オマケ」

随分人の好《よ》い兵士に助けられ、エルルは上機嫌になる。

素直に忠告に従い、リュックからフード付きのマントを取り出して、顔が見えないように深く被った。

兵士達は門を開けると、ついでとばかりにこう言った。

「あ、そうそう。そこのお二人さんみたいな銀髪……色素の薄い髪は、この国じゃ珍しい。目立つから気をつけてな」

「ああ」

門をくぐり、ガディ達は外から見た景色とはまた違った賑わいに、驚いて息を呑む。

ライアンがポツリと、独り言を漏らした。

「……すげぇ。外から見るより街がキラキラしてる！」

一方、学園長は一つの建造物に目を留めた。

「噴水……」

水が湧き出る噴水。それは他国では至って普通のものであるが、この国では異様に見える。

雨が滅多に降らない地域なのに、噴水を造るほど水に余裕があるということだからだ。

この豊かさは、一体どこから来たのだろうか。

その時、シオンが地面を見て、思わず目を擦《こす》った。

「……気のせい、かな？　何か見えるような」

「え？」

その言葉につられて、咄嗟に全員が地面を見る。

「何も見えないわよ……？」

ユリーカが首を傾げた隣で、ガディがはっと何かに気づいた。

「！　いや、目を凝らしてみろ。うっすらだが……」

「……あ」

地面から、微かに白色の光が漏れている。それは弱々しく揺れながらも、確かにルフィーネを満たしていた。その白い光の筋を見て、ガディがポツリと呟いた。

「……これはアレクの魔力だ」

「⁉　ということは……」

「ここにアレクがいる‼」

ガバッと勢いよく顔を上げて、ガディとエルルが叫んだ。

学園長はその言葉に深く頷き、指示を出す。

「よし。それぞれ情報収集をしよう」

ガディとエルルのチームと、学園長とライアンとユリーカ、シオンのチーム。その二組で街をまわり、それぞれ情報収集を始めた。

ガディとエルルはまず、世間話の好きそうな複数人の女性に声をかけた。

「あの」

「あらっ！　その銀髪、綺麗ねえ！」

「ありがとうございます」

女性の一人がガディとエルルの髪を褒めるが、二人には話に付き合っている余裕などない。

無表情で棒読みの礼を返すのみで、エルルが早速本題に移る。

「その、金髪で金の瞳の……こう、白い魔力を纏《まと》った少年を見なかったですか？」

「金髪？　これまた珍しい。ひょっとしてお兄さん達、異国の方かい？」

「！　……ええ。私達は、トリティカーナ王国から人捜しに来まして」

そう言うと、女性はカラカラと愉快そうに笑って答えた。

「そうかいそうかい！　早く見つかるといいねぇ。この国じゃ金髪や銀髪は珍しいから。みんな地味な髪色ばっかだよ。ああ、王族の方々だけは違って、第一王子のケイン様は金髪だね。でも、残念ながら、その金髪の子は見てないわ。ごめんなさいね」

「ありがとうございます」

ぺこりと頭を下げ、ガディとエルルは女性達から離れた。

エルルは頭に被っているフードを整えながら、ガディにボソリと呟く。

「双子だって気づかれなかったわね」

「ああ。こっからも慎重に行動しろ。バレたら厄介だし、ただでさえ俺らの髪色は目立つ……」

言い終わる前に、ふとガディが足を止めた。

エルルも同じく立ち止まり、不思議そうに首を傾げる。

「どうしたの？　急に止まったりして……」

「そういえば、アレクのカラーリングって水で落ちてないか？」

「あ」

確かに、川に流されたのならカラーリングの魔法が解けてしまっているかもしれない。

しかし、それと同時にもう一つの可能性が浮かび上がった。

「そうだとしても、アレクはもう一回カラーリングをかけ直してるんじゃないかしら？」

「それもそうか。じゃあ、金髪に金の瞳……で、問題ないな」

「紫髪だなんて、普通はどの種族にも現れないもの。突然そんなこと言ったら、驚かれるどころか怪しまれるわよ」

そう言うと、エルルは早足で次に声をかける国民を探し始める。

ふと、興味を引く人物を見つけた。

「あの人とか、どう？」

「いいかもな。なかなかいい情報を聞けそうだ」

双子が目をつけたのは、目つきの悪い緑髪の男性であった。麻の服を身にまとっているためそこまで裕福ではなさそうだが、長年住み着いている国民と見ることもできる。

ガディとエルルは臆《おく》することなく、ズカズカと近づいていった。

「おい」

「……あ？」

緑髪の男性が不機嫌そうにこちらを一瞥《いちべつ》する。

「ここら辺に、金髪に金の瞳の少年っていませんでした？　白い魔力で、魔法が達者な」

「……見てねぇよ。話しかけんじゃねぇ」

ふい、と無愛想に顔を背ける男性に、不快感を抱いた。簡単に言えば、カチンときたのだ。

「おい。何だ、その言い方」

ガディが鋭い声で言うと、男は面倒くさそうに双子を睥睨《へいげい》した。

「……お貴族様にはわからんよ。貧乏人の気持ちなんて、な」

「何を勘違いしてるの？」

エルルが低い声でそう言うと、男性は途端にバッと顔を上げる。

「お前ら、貴族じゃないのか」

「ああ。正確には、もう貴族じゃない、だけどな」

「……没落したのか」

「そんなものよ」

エルルは苦笑しながらそう答えた。英雄ムーンオルト家を自ら離脱した、などという馬鹿な回答を、この男性は望んでいないだろう。

男性は少し考えるような仕草をして、「ついてきな」と小さく言い放つ。

素直についていき、たどり着いた先は、とあるバーであった。

バーに入って席に座ると、男性は「何か頼むか？」と尋ねたが、ガディとエルルは「未成年なんで」と酒は断った。

バーの店員に男性は適当なものを注文し、改めて二人をじっくりと見る。

「あんたら、異国からの旅行者か」

「何でわかるんだ？」

「そりゃ、その髪と目の色からな。格好もなかなか綺麗だ。ここらには平民、もしくは貧民しかいない。だから、てっきりあんたらの格好から貴族だと思ったんだよ」

「ただの平民よ」

「まぁ、俺みたいな貧民よりマシだろ。俺はバジー。情報屋をやってる」

ぐっと親指を自《みずか》らに突き立てたバジーは、その目つきを少しばかり柔らかくした。

ガディはその自己紹介にやや驚きながらも、ニヤリと笑う。

「こりゃ大当たりだな、エルル」

「そうね。いくら欲しいの？」

「病気の息子を助ける分の金がいる」

バジーが少し顔を伏せ、その表情に影が差す。

エルルが気の毒そうに「病気ね……」と呟いた。

「じゃあ、お金じゃなくて治療でも構わない？」

「？　あ、ああ。何だ、お前ら病気を治せるのか」

「生憎《あいにく》、私達には無理」

エルルは首を振る。

そもそも病気は治癒魔法でどうにかできるものではない。治癒魔法とは、傷を塞ぐだけのものだ。

だが、その治癒魔法で病すら治す人物をガディとエルルは知っている。

「病気が治せるのは、私達の捜してる人。さっき言ったように……」

「金髪に金の瞳の、白い魔力を纏った少年、だろ？　ああ、この国の王子以外に金髪の心当たりはないが、白い魔力ってのは知ってる」

「本当か⁉」

ガタンッと勢いよくガディが立ち上がった。

エルルが「ガディ」と小声で注意すると、ガディは大人しく腰を下ろす。

不敵な笑みを浮かべたバジーは、「ああ」と返して答えた。

「確か、今日お披露目の国王様の養子――第二王子のティファン様が、そんな魔力を持ってるんだそうだ」

「「ティファン？」」

聞いたことのない名に、ガディとエルルは揃って首を捻る。

「ああ。第二王子のティファン様。ルフィーネが一気に栄えたのは、その方が来てからさ」

「ふぅん……ティファン、ねえ」

胡散臭《うさんくさ》い。エルルは顔をしかめながら、店員の置いていった水をくるくると指でかき混ぜた。

それを見て、バジーはふっと静かに笑う。

「こんな風に無料で水が飲めるのも、そのティファン様のおかげってわけだ。どなたかは存じ上げないが、感謝すべきなのかもな」

「そうね。いちいち水なんかにお金を払ってたら、やってけないわ」

すると、ガディが席を立ってバジーに向き直った。

「もう俺らは行く。そのお披露目の場には、大勢の人が集まるんだろ。俺らの捜している少年が来る可能性があるし、何か他の情報が集まるかもしれないからな。あんたの息子、用が済んだら必ず助けに行く。世話になったな」

「ああ。っと、その前に」

バジーが懐から取り出したのは、小さな地図だった。

「これは？」

「俺の家の場所だ。すべて終わったら来い。期待して！　待ってるぞ」

バジーは「期待して」の部分を強調して、ニヤリと笑った。

双子はそれに笑い返して「上等」と答えて酒場を後にした。

◆
◆
◆

「情報は集まったかい？」

ガディとエルルは学園長と噴水前で合流し、バジーに聞いた話をざっくりと説明した。

「情報屋によれば、どうやら今日は、ティファンという第二王子のお披露目らしい。そこに行けば、何かアレクの手がかりがつかめるかもしれん」

「……そういえばあの三人は？」

エルルは学園長と一緒に行動していたライアン達が見当たらないことに気づいて、辺りを見回す。

学園長はポリポリと頬をかいて唸る。

「情報収集中にはぐれてしまってね……私もアレク君に関する情報は、一切手に入れられなかった」

学園長はふう、とため息をつく。

すると兵士達がやってきて、国民に声をかけ始めた。

「さあ！　もうそろそろお披露目の時間だ」

「国民は早く城の近くに」

「……だとよ」

「しょうがない。三人は後で捜そう」

ガディ、エルルと学園長は、急いで城へ向かった。

「あれがお披露目会場か……」

お披露目の場所は、城のバルコニーだった。そこには豪勢な花が飾られ、赤い絨毯《じゅうたん》が敷いてある。

見下されるのが嫌なのか、不愉快そうに顔をしかめるガディとエルル。

学園長は見かねて、そっと諭《さと》す。

「そんな顔をしないで。私達は客人。相手は王族。無礼な振る舞いは許されないよ」

「……そうだな」

「……そうね」

ガディとエルルは、小さな声でポツリと返事をした。

その時、突然ファンファーレが鳴り響く。

バルコニーに姿を現したのは、国王バトラーとその息子ケイン。

バトラーは小太りの腹を揺らしながら、両手を広げて声を張り上げた。

「国民の諸君！　よく集まってくれた」

国民からの歓声はなく、会場に響いたのはまばらな拍手だけだ。

エルルが不思議そうにガディに話しかける。

「変ね……普通王族のお披露目って、歓声が上がるものじゃないの？」

「あの国王は、そこまで国民に慕われてないんだろ。それにあの体……アイツを思い出してイライラする」

苛立《いらだ》たしそうなガディは、ぐっと眉根を寄せた。

アイツ、というのは、二人の父のダリオのことだ。小太りで不遜な雰囲気がよく似ている。

国王は会場の静けさなど気にせず、ペラペラと話し続ける。

「この国が恵み豊かになったことを、私は非常に嬉しく思う！　えー、前置きはこれくらいにして、我が息子ティファンを紹介する」

国王が一歩下がると、少年がおずおずと前に出てきた。

小柄で幼く、おそらく十歳程度。可愛らしい顔は、困ったような表情を浮かべていた。

自信なさげに立っていて、どこか頼りない。

その髪は――紫。

「は、はじめまして。ティファン・アレスト・アル・トルン・ルフィーネです……」

「――あれって」

学園長が、ガディとエルルのほうを向く。

それに答えることなく、二人は目を見開いたまま硬直した。

ティファンと目が合ったような気がして、その美しい瞳に視線が吸い込まれ、全く目を逸らすことができない。

それもそのはず。彼の顔、声、髪や瞳の色は。

「――ア、レク」

見知ったはずの、最愛の弟のものだったからだ。

第六話　ティファン、眺める

お披露目が終わり、ティファンは自分の部屋に戻った。

扉を閉めて一息ついた途端、ノックする音が聞こえてくる。

「ど、どうぞ」

入ってきたのはルイスだった。

「ご立派でしたよ、ティファン様」

「ルイス！」

嬉しそうに近づいてきたルイスに、ティファンは顔を輝かせた。

ルイスはティファンと向き合い、ニコリと微笑む。

「とても初めてとは思えませんでした。ティファン様は物覚えがよろしいのですね」

「敬語はやめて！」

ティファンがそう叫ぶと、申し訳なさそうにルイスが小声で言う。

「すみません。もしかしたらこの部屋に誰か来るかもしれません。許してください」

その言葉に、ティファンは少し不満を覗かせたものの、諦めて肩を落とす。

「……ごめんね」

「え？　い、いいんですよ！」

突然謝られ、ルイスは慌てて首を振る。

大したことではないのになぜ――と不思議に思ってティファンを見て、ふと気がついた。

「何か、あったのですか？　元気がないように思えます」

「…………」

ティファンは少し迷うような仕草を見せながらも、口を静かに開いた。

「なんかね。みんなみんな、たくさん来てくれた」

「そうですね。国民の皆さんも、ティファン様に感激していらっしゃいました」

「うん。その中に……なんか、気になる人がいたの」

「気になる人？」

ルイスが聞き返すとティファンは「うん……」と自信なさげに頷く。

「銀の髪の、とっても綺麗な人。ビックリしてたみたい」

「銀髪……珍しいですね。異国の観光客でしょうか？　私達の国では地味な髪の色が多いですから、目立ったのでしょうね」

「……ううん、違うの」

「？」

頭《かぶり》を振って否定するティファンを初めて見たルイスは、少し驚く。

しかし、すぐにいつもの落ち着きを取り戻し、優しげに問いかけた。

「違う、とは？」

「なんか……知ってる人みたいだったの。ずっと昔から、知ってたような気がするの」

「……」

ルイスの頭に、記憶喪失という単語がよぎる。

ティファンが記憶を取り戻したのならば、国王はこの子を手放してくれるだろうか。

いいや、手放さないに違いない。あの横暴な国王が「恵みの天使」とまで呼ばれるようになったティファンを、手放すはずがない。

ルイスは、静かに息を吸い込んだ。

「……ティファン様」

「？」

じっと目の前の少年を見据え、質問を投げかける。

「もしもその方がとても大切な人で、どんな方なのか思い出せたのなら……その人のもとへ、帰りたいですか？」

「……」

しばらく考え込むティファンを、ルイスは見つめ続けていた。

帰りたい、と答えても、その願いは叶わない。

それどころか、口にすれば国王に傷つけられることとなろう。

何としても、それだけは阻止してあげたい。たとえ、自分が悪者になろうとも。

すると、ティファンの答えが返ってきた。

「ごめんね、よくわかんない」

「……そうですよね」

考えてみれば、十歳前後の少年には難しい質問だったかもしれない。

ルイスは苦笑して、気負いすぎていたことを少し反省した。

◆　◆　◆

第二王子のお披露目が終了し、国民達が解散する中、ガディとエルル、学園長はしばらくその場に突っ立っていた。

いつまでも無言の二人に、学園長はおずおずと声をかける。

「……あの子供はアレク君ではなかった、という可能性はないのかい？」

「ない」

「ないわ」

二人は揃って頭《かぶり》を振った。どこか遠くを見つめるように、ガディは呟く。

「小さい頃からずっと一緒にいたからわかる……あれはアレクだ。絶対」

そう言い切るガディに続いて、エルルは俯きながら自分の考えを口にする。

「もしかして、アレクはさっきの国王……または、この国ぐるみで騙《だま》されてるのかしら？　あの子、わりと騙されやすいし」

それを否定したのはガディだった。

「いや、違うな。アレクは賢い。少なくとも、俺らよりは。そのアレクが、何の考えもなくあんな風に王子として登場したとは考えにくい。あそこにいなければならない事情があるのか？」

二人はそのまま考え込み、ブツブツと独り言を続ける。

これは当分動けないな、と学園長はため息をついて、ふと後ろを見た。

先ほどから、黒髪の変わった風貌の男性が倒れている。その姿は潰《つぶ》れた蛙《かえる》のようだ。

「…………」

しばらくその男性を無言で見つめていたが、学園長は何もなかったかのようにくるりと背を向け、「行こう」とガディとエルルを急《せ》かす。

その時、男性が突然がばりと体を起こした。

「いや待って！　普通そこは助けてくれるんじゃないの⁉」

ここまで凄いスピードで地面をはいずり追いついてきた男性に、ガシッと後ろから足をつかまれた学園長は、不愉快そうに顔を歪めた。

すると、男性の存在に気がついたガディとエルルが怪訝そうに目をやる。

「何だこの男……」

「黒髪って珍しいわね」

「なあー、頼むよ坊ちゃん達」

しかし、学園長は男性がすがりついてくるのが鬱陶《うっとう》しかったのか、ブンッと足を振って追い払った。

「あだっ」

情けない声を上げた男性は、ベシャリと地面に這いつくばる。

ガディとエルルはちょっとした何かを感知した。

何だか、この男性に関わると面倒臭いことになりそうだ、と。

「……ほっとくか」

「めんどくさいし」

「おいおいおい、冷たいなあ。俺は旅人。情報は結構持ってるんだよ。あんた達、何か考えてたでしょ？　俺を拾って損はないよ」

「ほぉ。でも生憎《あいにく》もう、国民が知る情報はそこまで欲しくないんでな」

珍しく不機嫌そうな学園長は、男性をじっと睥睨《へいげい》した。

この視線、トリティカーナ王国の国王マストールを見る時と似ている。

すると男性は情けない声で懇願した。

「なあ……せめて、話だけでも聞いてくれよ。俺もティファンとやらが気になるんだよ」

「へえ？」

学園長は男性を改めて観察し、利用できるならしてやってもいいか、と思い直した。

「いや、悪いね。ご馳走になって」

「……お前が勝手に食べてるだけだろ」

礼を言う男性に、ガディは呆れて言う。

学園長は不愉快そうに頬杖をつきながら、男性の食べっぷりを見つめていた。

満足そうに草餅《くさもち》を頬張る男性は、三人を見て微笑んだ。

「にしても、子供だけで旅人の真似事かい？　大していいこともないのに、物好きなことだね」

「……うるさいわね。私達は旅人じゃない。それに、あなたの口ぶりは旅人を侮辱しているようにも聞こえたわ」

エルルの言葉を聞いて、せわしなく草餅を食べていた手を止め、急に真面目な顔になる男性。

「好きで旅人になったわけではないからね」

すると、学園長は勢いよく席から立ち上がり、まくしたてるように叫ぶ。

「私は子供ではないっ！　私は……立派な大人だっ！」

「いや、君がこの中で一番小さいだろう。見栄を張るのはやめたまえ」

ふんすふんすと鼻息を荒くして怒る学園長を、男性は軽く笑い飛ばす。

この大事な時に子供の姿とは、学園長も運がない。

ぐぬぬ、と悔しそうな顔をしながらも、学園長は席に乱暴に腰掛けた。

「……そういえば、自己紹介がまだだった。俺はヴェゼル。よろしく」

特徴的な黒髪をかき上げ、ヴェゼルは笑った。

「……で？　そのヴェゼルとやらが、どうしてティファン……この国の第二王子のことが気になるんだ？」

ガディが睨みを利《き》かせると、ヴェゼルは、ふん、と鼻を鳴らして軽く答える。

「大した理由じゃない。単に、気になっただけだ」

はあ～、とため息をついて、己の黒髪をガシガシとかき上げるヴェゼル。

その顔には難題にぶつかっているかのように、苦悶《くもん》が滲《にじ》んでいた。

「しっかしな～……どうもおかしい」

「何？」

「ティファンは、このルフィーネ王国の近くの川で、城の召使いが拾ってきたらしい。その恵みの天使が来てから、この国に緑が芽生え、水が溢れ……っておとぎ話かよ。ソイツが魔法を使ったとしか思えないんだよな～」

ピク、とエルルは眉を動かした後に俯き、表情が見えなくなる。

「ティファンは、召使いが拾ってきたの？」

「ああ。確か……ルイス。ルイス・リディア。その女がティファンを川で見つけたんだとか」

「ルイス・リディア……」

その名前を繰り返す双子を見た学園長は、はっと気づいて叫んだ。

「その人に危害を加えてはダメだからな⁉　絶っ対‼」

「……わかってるよ。……チッ」

小さく舌打ちしたガディを見て、学園長は言っておいてよかった、と胸を撫で下ろした。

すると、ヴェゼルはさらに饒舌《じょうぜつ》になる。

「俺がこの国に来て、まだ数日しか経ってないが……こんな事態は異常だね。目の前で猛スピードで国が変わっていく様子は、まるで夢を見せられてるみたいだった。確かに、俺はその緑が芽吹くところを見た。だが、それと同時にある特徴的な魔力を感じたんだ。……俺のスキルはただ一つ、〔千里眼〕ってやつでね。なかなか珍しいスキルだろ？　ソイツですぐ見えちまったよ……白い、純白の魔力」

「……戯言《たわごと》ではないってわかってるけど、信じたくないわね」

エルルがその話を聞いた途端に、落胆して声のトーンを下げた。

不思議そうに首を傾げるヴェゼルに、ガディとエルル、学園長は目を合わせ、頷き合う。

それから学園長はヴェゼルをそっと見据え、静かに問う。

「あなたは、今から私が言うことを信じられるか？」

◆　◆　◆

ユリーカ達は途方に暮れながらも、トボトボと街の中を歩き回っていた。

学園長とはぐれ、合流場所だった噴水前に行ってみたが、学園長もガディやエルルもいない。

アレクだけでなく、学園長達を捜して当てもなく街中をさまよっていたのだが、とうとうライアンが限界に達して叫んだ。

「もうお腹空いたぜ！　なあ、飯食おう」

「そうだよね……学園長先生、どこに行ったのかな？」

不安げに空を見上げたシオンは、その夕焼け空に思わずため息をつく。

ポケットを探ると、少ないお金ではあるが、銀貨五枚が出てきた。これなら夕飯ぐらいは食べられそうだ。

「みんな、いくら持ってる？」

「銀貨六枚あたりかしら」

「銅貨三枚!!」

ビシッと指を三本立てるライアンを見て、呆れるユリーカ。

「銅貨三枚って……あなた、それで校外学習の間のお金が足りると思ったの？」

銅貨三枚では、アイスクリームくらいしか買えない。夕飯など論外だろう。

「だって金なかったし」

言い訳をしてライアンは唇を尖らせた。

シオンがそんなやりとりに苦笑していると、ふと、小さなバーが目に入る。

「……ここ、入る？」

「えっ、何言ってるの！　このお店、お酒とか売ってるところだよ!?」

ユリーカが慌てて反対するが、ライアンは嬉しそうに走り出した。

「子供が入っちゃ駄目なんて書いてねーだろ！　いい匂いがする！」

「ああ！　もう！」

走って店内に入るライアンに、ユリーカとシオンは慌ててついていった。

「いらっしゃいませ。……って、困るよ、君達。ここはバー。子供が来るところじゃないんだ」

店員が困り顔で、バーに入ってきたライアン達を追い返そうとした。

ライアンが不満そうに「えー！」と声を上げている中、後ろからユリーカが問いかける。

このまま帰る前に、何か手がかりが得られないかと考えたからだ。

「あの、すみません。ここで銀髪のふた……ふ、二人組って見なかったですか？」

ユリーカは内心ひやっとしつつ、平静を装《よそお》った。

（あ、危なかった。双子って言ったら、面倒くさいことになるところだった）

「銀髪？　見てないね。ここらに銀髪の人なんていないし」

「銀髪だって？」

すると、店員の後ろから、麻の服を着た目つきの悪い緑髪の男性が顔を出した。

その強面《こわもて》男性の登場によって、少し身をすくませたユリーカとシオンだったが、ライアンが男性を振り返り声を上げる。

「そうだ！　おっちゃん、見たのか？」

「見たも何も……さっき情報提供したところさ」

それを聞いて、ユリーカが勇気を出して続ける。

「あ、あの！　どこに行ったかわかりますか？」

「あ～……ティファン様のお披露目を見に行ってると思うぜ。だが、もうお披露目は終わったから、その辺をフラフラしてるんじゃないか。それとも宿でも取ってるか……」

しかし。

「おっちゃん、ありがと！　よし、行くぞ！」

ぐー

「……」

「…………」

空気を読まないライアンのお腹の音が、その場に鳴り響いた。

「……その、なんだ。飯でも食ってくか」

その申し出に三人はぎこちなく頷き、男性に連れられ、バーの席に座る。

カウンター席に横一列で座っているため、向き合って会話をすることは無理だったが、ユリーカ達は何とか話だけでも聞こうと男性のほうへ体を向けた。

男性はニッと笑い自己紹介する。

「俺はバジー。情報屋だ」

「わ、私、シオンです……」

「俺はライアン！」

「私はユリーカよ。よろしく、バジーさん」

バジーは「ああ」と頷いた。

先ほどの店員が「水です」と、小さめのグラスに入った水を差し出した。

それを三人が勢いよく飲むと、バジーが質問する。

「お前ら、その銀髪の二人組……確か、ガディとエルルだったか。女のほうはマント被ってたから
よく見えなかったが、別嬪さんだったような……男のほうは綺麗な顔してたな。知り合いか？」

「その人達です！　あと、私達と同じぐらいの子供を見ませんでしたか？」

学園長のことを聞くと、「いいや」とバジーは首を横に振る。

しゅん、と落ち込んだ様子のユリーカに、バジーは唸った。

「あいつらには、ちょっと貸しを作っててな。返してもらう予定だが……これで二つ、か」

「え？」

ニヤリと笑って、バジーはびしっと親指を立てて自分に向けた。

「俺が奢《おご》ってやるよ！　ガキに金なんて払わせねえ！」

「お、おっちゃん……！」

目を輝かせるライアンに対して、ユリーカとシオンは慌てる。

「ダ、ダメです！　そんな、申し訳ないです！」

「そうですよ！　私達、ちゃんとお金持ってます！」

慌てる二人を軽く笑い飛ばして、バジーは言う。

「なに。それなりに金は持ってるからな。息子を救ってもらうのに、たったあれっぽっちの情報を渡しただけじゃ、俺の気が晴れねえ」

「おっちゃん……いい奴だな！」

ライアンは事情がわからないながらも、嬉しそうにバジーを見る。

キラキラとした眼差《まなざ》しを受け、バジーはくすぐったそうに笑った。

その時、店員が料理を両手に持ちバジーに近寄ってきた。

「お待たせしました、バジーさん。鶏肉の照り焼きとチップスサラダ。それと、取り皿です」

「おう、ありがとな」

「……どうぞ、店からの奢《おご》りです」

店員がバジーの目の前に置いたのは、エールであった。甘みがあって喉越しのいい、バジーがいつも飲んでいる酒だ。

「……いいのか？」

バジーは困った顔をする。

「はい。お得意様でいらっしゃいますし」

店員は気前よく微笑んだ。

「うー！　もう食べていいか？」

「もうお腹ペコペコ！」

「……ちょ、ご馳走になるんだから、もう少しお行儀よくしないと」

運ばれてきた料理に目を輝かせるライアンとシオンを、ユリーカが窘《たしな》める。

それにバジーは苦笑して、「さあ、食え」と頷いた。

「「「いただきま〜す！」」」

勢いよく料理を食べ始めた三人を見て、バジーはふと自分の息子を思い浮かべる。

「……フィニ。お前も元気になったら、美味《うま》いもん食わせてやるからな」

もやもやする自分の心を押し流すように、バジーはエールを一気に呷《あお》った。

元々少量であったため、その黄金色の液体はすぐに底をつく。

「おっちゃん、ご馳走様！」

パシッと両手を合わせたライアンに、バジーは満足そうに頷く。

「子供の腹を空かせたままにしておくなんて、この国の大人も情けないことだ」

そして、我が子に言い聞かせるように優しげに言う。

「銀髪の二人が宿をとっているとすれば、大通りにある『水の恵み』ってとこだろう。あそこが一番大きな宿だからな……ほら、早く行け」

「はいっ！　ご馳走様です！」

ユリーカ達はお礼を言い、駆け足でバーを出て行った。

「あれか？　おっちゃんが言ってた、ここら辺で一番の宿って」

「ええ。間違いないわ」

宿の看板を見て、ユリーカが頷いた。

その隣で、シオンは不安そうにじっと宿を見つめている。

「学園長先生達、いるといいんだけど……」

「入るぞ！」

バタバタと宿に入ると、この辺りでは見慣れない黒髪が目に入った。

「お！　君、もしかしてライアン君？」

「そうだけど……誰だ？」

突然声をかけられて首を傾げるライアンをよそに、博識なユリーカが男性に問いかける。

「あなたはもしかして、ダンカート王国の人？」

東のダンカート王国では、黒髪は珍しくない。確かそんな話を聞いたことがあるが――

「うーん、そういうわけではないな。俺はヴェゼル。しがない旅人さ」

「ふぅん……」

ライアンが興味なさそうに曖昧《あいまい》な返事をすると、ユリーカははっとしてヴェゼルに尋ねた。

「あの、銀髪の二人組って見なかったですか⁉」

「ああ、一緒に行動してる。今頃個室で休んでるよ」

「何やってるんだい、ヴェゼル」

するると、見覚えのある少年がヴェゼルに近づいてきた。その少年を見て、ユリーカ達は泣きそうな顔をする。

「「が、学園長先生～！」」

「ん？　ああ！　よかった、合流できたね」

学園長は三人を見て目尻を下げた。

◆　◆　◆

学園長はユリーカ達とヴェゼルを自分に割り当てられた個室に迎え入れ、ガディとエルルを呼んだ。

全員でテーブルを囲んだ後、ティファン王子が実はアレクだったことを説明する。

今から作戦会議だ。バンッ！　とガディがテーブルを思い切り叩く。

「とにかく！　早くアレクを取り返して、さっさと帰るぞ！」

「……そうだね」

学園長が素直に頷いたのを、エルルは珍しく思って眺めた。

一方、ユリーカ達はやっとたどり着いた宿で休憩したいのか、温かいお茶を片手に息をついている。

すると、ヴェゼルが学園長に飄々《ひょうひょう》と問いかけた。

「にしても、取り返すってどうするんだ？　相手は仮にも王子だ」

「……そこで、潜入という言葉が出てくるんじゃ」

「「「潜入⁉」」」

ライアン、ユリーカ、シオンの声が見事にピタリと重なった。

あたふたしながら、シオンは学園長にまくしたてる。

「せっ、潜入ってっ、もしかして、城に忍び込むんですか⁉」

「まあ、そういうことになるね」

ユリーカが努めて冷静に質問する。

「……どこからです？」

「正面突破は難しい。そこで、ヴェゼルだ」

学園長に指名され、ヴェゼルはニヤッと笑って一枚の紙をテーブルに置いた。

それを一斉に覗き込んで不思議そうな顔をする面々を見回し、ヴェゼルは説明を始める。

「実は、城のメイドさんと仲良くなってね。ここ。ここが、ティファンの……いや、アレクの私室だよ」

ピッと指さしたのは、広々とした部屋だ。城の奥にあって、行くのに苦労するだろう。

「もっとも、私室になる予定、だけど」

「予定？」

「ああ。そこ、元々物置部屋だったらしくて。改装して部屋にするまで少し時間がかかるから、今はケイン王子の部屋にいるみたいだ」

ヴェゼルは「ここな」と、先ほどの部屋の隣を指さす。

「……ケイン」

情報収集中、何度も耳にした名前をエルルは呟いた。

この国の第一王子。金髪に金の瞳の、今のところティファンの兄を名乗っている王子を、一体何度憎く感じたであろうか。

キッと学園長を鋭く見据えて、エルルは問いかける。

「それで、この部屋に繋がるルートはあるの？」

「ある。それがここ、だ」

学園長が指さしたのは、小さな四角が描かれたところであった。

部屋には見えないそれに、エルルは首を傾げる。

「これは……」

「窓、だよ。まあ、一階の窓だから、五階のケインの部屋に行くまでちょっと苦労するけどね」

ふん、と学園長が鼻を鳴らすと、ガディはその先を察して大声で叫んだ。

「わかったぞ！　この窓から忍び込んで、アレクの部屋まで走る！」

アレクを失い冷静さに欠けているガディに、学園長は「落ち着け」と声をかける。

「そんなんじゃすぐ見つかるよ。こっそりね。私に作戦がある」

「作戦？」

「ああ」と頷いて、学園長はいたずらっ子のようにニンマリと笑った。

「それは明日のお楽しみ。もう寝よう、明日に備えてね」
◆　◆　◆

早朝。王宮警備の兵士達は眠たそうに大きな欠伸《あくび》をしている。

兵士の一人が不満そうに声を上げた。

「なーんでこんな朝早くから、寒い中で警備なんてしなきゃいけないんだよ！」

文句を言う兵士を、もう一人の兵士が宥める。

「落ち着けよ。マシになったほうだろ。水も飲めるし」

「そうだけどよ……」

「いいか、警戒を怠るなよ。油断している時に限って、何か起こるもんだ」

「はいはい……ん？」

ふと、兵士は辺りを見回した。何かの気配がした気がする。

「風か？」

「おい。集中しろ」

「わかってらぁ」

兵士達は気を取り直して、城の外へと意識を向ける。

一方、城内の窓際では、華麗に侵入した妖艶《ようえん》な美女が、いたずら成功とばかりにニヤリと笑った。

それに続いて銀髪の少年、マントを被った少女、黒髪の青年が中に入る。

さらに、まだ幼い少年と少女二人が城内への侵入に成功した。

すると、銀髪の少年ガディが、小声で美女――学園長に怒鳴った。

「ふざけるな……！　窓を割るだなんて、どうかしてるぞ……！」

「フフ、大丈夫よ。最近偶然手に入れた魔法書に、音魔法について書いてあったのよね。ラッキーだったわ」

学園長の作戦とは、無音魔法を使った侵入だった。

まずはだらけている兵士の隙をつき、木々によりわずかに死角となっている壁際へ移動。学園長が無音魔法を展開する中で、素早くお互いを引き上げて城壁を上った。

飛び抜けた身体能力を持つガディとエルルには城壁を越えることなど造作もないことだったが、学園長やユリーカ達には難しい。

しかし、城壁はあまり高くなかったため、双子が他のメンバーをサポートすることで乗り越えることができた。

さらに学園長は無音魔法を再度展開して城の窓を割り、中に侵入したというわけだ。

兵士が何かを感じてキョロキョロし始めた時は大変焦《あせ》ったが、どうやらバレなかったようである。

窓を割る音を消したといっても、硝子《ガラス》の破片《はへん》は飛び散ったままだ。

このままでは、気づかれるのも時間の問題だろう。

「さ……！　急ぐわよ」

学園長の言葉を合図に、ガディ達は進み始めた。


学園長の「無音魔法」は覚えたてであるため、二十秒間しか効果を発揮することができないというデメリットがある。しかも、使用後は一分の休憩が必要だ。

そのため、学園長達は身を潜めながら、少しずつ城内を進んでいた。

「……！　止まって」

メイドの影を発見し、後ろの者達に指示を出す学園長。

その言葉に従い、ガディとエルル、ヴェゼル、ユリーカ達は足を止めた。

「……よし。もういいわ」

「こ、腰が痛い」

ユリーカが腰を押さえて苦しそうな顔をする。

ずっと屈んで移動しているため、体中が鈍《にぶ》い痛みを訴えている。

「が、頑張れ」「あともうちょいだ」とお互いに励まし合うシオンやライアンを微笑ましく思いながらも、学園長は階段を見上げた。

「この階段を上りきったら、もうアレク君のいる部屋よ。そうよね、ヴェゼル」

「ああ。アレクがいるのはケインの部屋だが、今、ケインは家庭教師を呼んで別室で勉強してるからいないはずだ。だが、気をつけろよ。階段で誰かに出くわしたら終わりだ」

「ええ」

ヴェゼルの言葉に学園長は頷き、再び階段を見上げた。

さすが城の階段だけあって、凄まじく長い。

フーッと気合いを入れるように長い息を吐いてから、学園長が一気に階段を駆け上がった。

もちろん無音魔法を発動しているが、効果時間はわずかだ。

結果、三階まで上がった時に、魔法は切れてしまった。

階段の折り返しとなる踊り場で手すりの陰に身を潜め、じっと気配を窺《うかが》いながら一分間を待つ。

その時、学園長の顔が真っ青になった。

「階段から誰か下りてくる……！」

ヴェゼルがそうっと首を伸ばしてその姿を確認し、悔しそうに歯噛みした。

「巡回中の兵士だな。二人いる」

「ど、どうするんですか？」

「会ったら終わりだぞ……！」

ユリーカとガディ同様、慌てる一同に、学園長は「安心して」と声をかける。

「いい、必ずアレク君を助け出しなさい」

そう一言告げた直後、学園長はスクッと立ち上がって無防備に手すりから顔を覗かせ、ふらふらと兵士に近づいていった。

その行動にガディ達は驚いて目を見開く。

「！」

すると、フラリ、と学園長がわざとらしく兵士に倒れかかった。

「⁉　お、おい。どうしたんだ。てかあんたは……」

「な、なんだ、この美女……！」

「すみません……少し体調が悪くなってしまいまして。どこか休める場所を……」

状況を知るガディ達から見ればそれは迫真の演技だが、知らない兵士達からすれば病人の美女。

上目遣いが効いたのか、兵士達は動揺しながらも「わかりました……」と学園長を連れて階段を上がり、四階の通路へと入っていく。

去り際、学園長はガディ達にウインクをした。

「！　急ぐぞ」

「ええ」

残された面々は静かに階段を上り始めた。

学園長が囮《おとり》になった甲斐《かい》あって、無事ケインの部屋の前にたどり着くことに成功する。

「よし！　着いたぞ」

重厚な扉を目の前に、ガディは喜びと気合いが入り混じった声で言った。

すると、ユリーカが囁いて救出を促す。

「私達が見張ってます。ですから、早く」

「わかったわ、ありがとう」

エルルは返事をすると静かに扉を開け、ガディ、ヴェゼルとともに部屋に入った。

「――アレク？」

部屋の中央には大きなベッドが設置されていて、電気を消してあるせいか、室内は暗い。

ガディ達が辺りを見回すと、窓辺に佇《たたず》み、日の光に照らされている紫髪の少年が目に入った。

「あれが……ティファン」

「「アレク！」」

ガディとエルルが声を上げ、駆け寄ろうとしたその瞬間。


バタァン！


「動くな！」

「「っ！」」

ガディとエルルの体が強張《こわば》る。

「……へぇ」

一方、ヴェゼルは感心するような声を出した。

扉を開けて入ってきたのは、一人の青髪の女性と兵士達。

さらに、扉の前で待っていたはずのユリーカ達が捕らえられ、兵士に連れられていた。

「ご、ごめんなさい！」

「捕まっちまった！」

「……っ」

それなりに三人は抵抗したらしく、服装や髪が乱れている。

しかし、人質を取られたことには変わりない。

兵士は勝ち誇るように声を張り上げた。

「さあ、大人しく手を上げろ」

「………」

ガディとエルル、そしてヴェゼルは、言われるがままに両手を上げた。

その隙に、青髪の女性が紫髪の少年に駆け寄る。

「！　てめぇ！」

「このっ……」

ガディとエルルはアレクを守るため、反射的に青髪の女性につかみかかろうとした。

「と、捕らえろ‼」

それに反応し、兵士達は二人とヴェゼルに飛びかかる。

「くそっ、アレク！」

「アレクーーーっ！」

ガディとエルルは兵士を蹴散らし、懸命に紫髪の少年に手を伸ばす。

しかし――

「だれ……？」

「「!!」」

紫髪の少年の口から出たのは、残酷な一言。

その瞬間に大人しくなってしまったガディとエルルを、兵士達は容赦なく拘束し、部屋から出ていった。

◆　◆　◆

ガディ達が部屋から去った後、ティファンはそばに来たルイスを見上げた。

「ルイス……あの人達は」

「きっと侵入者。目的はわからないけど、ティファンを狙ってたのかも」

ルイスは不安げな表情で、ティファンを守るように優しく抱きしめた。

「でも……」とティファンは言葉を続ける。

「あの人達、どこかで見たことあるような気がする……」

「そう？　珍しい髪の色だったわね。異国人よ、きっと。だからティファンを捕らえて、売り飛ばそうとしたんだわ」

「そう、なのかな」

目を閉じて瞼《まぶた》の裏に浮かぶのは、あの別れ際の寂しそうな表情。

必死に自分へ手を伸ばす様子にいたたまれなくなったティファンは、ルイスから離れた。

「ごめん、一人にして」

「ティファン……」

ルイスは心細そうに呟いたが、やがて躊躇《ためら》いつつも一礼して部屋を出ていった。

ルイスが退室したのを確認し、ティファンはそっとため息をつく。

あの銀髪の少年と、マントの少女の叫びが、耳にこびりついて離れない。

今でもぐるぐると頭の中を回っているような感覚に苛《さいな》まれ、それを振り払おうと首を振る。

しかし、いつまで経っても消えなかった。

「だれなの？　あの人達は、だれ？」

……ズキ

「？」

ふと痛んだ胸を押さえ、ティファンは首を傾げた。

胸を手で探っても、どこも怪我はしていない。

だが、なぜか胸の奥深くがひどく痛む。

ズキンッ

「っ‼」


途端、頭に激痛が走った。割れそうになる頭を必死で押さえ、ティファンはよろめく。

机にもたれかかった拍子に、置いてあったティーカップがガチャンッ！　と音を立てて割れる。

しかし、それに構う余裕はなかった。

ノイズとともに、何かがぼんやりと見える。

誰かがこちらに手を伸ばしてくれる。

それを親しげにつかむ、幼い自分。

銀髪の二人が、慈《いつく》しむような微笑を湛《たた》えていた。

それがひどく愛おしく思えて、ティファンは叫びたくなる。

場面は進む。

自分を忌《い》まわしげに見つめる、男性と女性。それと、太った少年。

三人はひどく自分を憎んでいたような気がする。それがとても申し訳なくて。

次に浮かんだのは、黒猫人の女性。

先ほどの銀髪の少年と少女とともに、笑い合った記憶。

また、巡る。

緑髪ののほほんとした女性の横に、凛とした茶髪の女性が立っている。
周囲は瓦礫《がれき》の山。そばに馬がいた気がする。その子は怪我をしていたような。
また、巡る。
ピンクの髪の少女、赤髪の少年、黄緑色の髪をした少女。
三人とも親しげに話しかけてくれて、それに笑って返事をした。
一緒に遊んだ。
一緒に過ごした。
きっと、かけがえのない人――
また、巡る。
駆け寄ってくる、動物達。でも、普通の動物とは少し違う。
その子達と過ごしていて、とても幸せだった気がする。
思い出さなきゃ。
忘れちゃダメなこと。
「何なの……何なの!?」
ふと、視界が大きくブレた。
目の前に、何かが浮かんでくる。

「――やあ、お目覚めかい？」

現れたのは、黒い靄《もや》だった。前にもどこかで会ったことがあるかもしれない。

靄はうごめくと、ティファンに向かって言葉を続ける。

「さあ、思い出して。君にかかった魔法は、私が解いてあげるから」

何かが、繋がる感覚がした。

その瞬間。

『『アレクッ!!』』

「！」

自分をそう呼ぶ、銀髪の二人の正体が、ハッキリとわかった。

何度も聞いた声により、現実に引き戻される。

ぼんやりと朧気《おぼろげ》だった記憶が、鮮明になっていく。

まるで、切れた糸が繋がるように。

気づけば、涙が溢れていた。

「思い、出した……僕は、アレク。王子でも、ましてや天使でもない。ただの、ただのアレクだ」

第七話　アレク、行動する

自分のことを思い出したアレクは、必死で校外学習の時の記憶を手繰《たぐ》り寄せる。

「ええと……確か、川に落ちて……頭でも打ったのかな？」

その先は全く思い出せない。目覚めた時には、ベッドの上だった。

ふと、ルイスのことが頭をよぎる。

「うーん……あの人、いい人なんだけどな。記憶を取り戻したのなら、早くここから出なきゃ。なぜか王子にされてるし……」

その時、先ほどまで自分に必死で呼びかけてくれた、兄と姉の姿を思い出す。

「そうだ！　兄様と姉様……それにっ、ユリーカ達を助けなきゃ！　あれ？　でも、あの黒髪の人、誰だろ」

黒髪の青年には見覚えがない。兄姉達がどこかで会って、仲間になったのだろうか。

とにかく、それを突き止めるのは後回しだ。

辺りをきょろきょろと見回し、アレクは洗濯するためにベッドに投げ捨ててあったシーツに目を留めた。

「……よし！」

シーツを手につかみ、すうう、と息を勢いよく吸い込む。

「メイキング！」

　バシュシュッ！


「……久しぶりだったけど、上手《うま》くいったかも！」

魔法で作り上げたフード付きマントは我ながら上出来で、その仕上がりに嬉しくなりつつ身につけた。

「そういえば、姉様もマント着てたよね……何でだろ。とにかく、ここから出なきゃ」

アレクは足早に扉の前に進み出る。

そっと扉を開けると、外には誰もいないことがわかった。

安心して外に出たが、その瞬間、二人のメイドが廊下からやってきた。

「！」

「あら？　ティファン様。もう大丈夫なんですか？」

「え？」

「私達、ルイスからティファン様の体調が悪いと聞いて、せめてお食事だけは召し上がっていただこうと届けに来たんです」

確かにメイドの手には、美味しそうな食事の載ったトレイがある。

「う、うん！　もう大丈夫。それより、さっき僕の部屋に来た人達って、どこにいるの？」

アレクの言葉にメイド達は自慢げに胸を張り、堂々と言い切った。

「牢屋ですよ！　牢屋！　大丈夫です、ティファン様を狙う輩《やから》からは、私達が命にかえてもお守りします！」

「……ありがと」

少し罪悪感を覚えながらも、アレクはメイドにさらに問う。

「それで、牢屋ってどこにあるの？」

「えっと、確か城の地下です」

「ありがと！」

「てぃ、ティファン様？　お食事は……」

「お腹減ってない！」

そう言ってアレクは部屋の前から走り去った。

このまま城内を歩き回っていると、いちいち声をかけられるかもしれない。

自分の髪を見て、アレクはふと思い出した。

「あ……そういえば、ユリーカ達は僕が紫髪だって知らないよね。カラーリング！」

じわわっと絵の具が染みていくように、髪と瞳がいつも通りの金色となる。

城の者にティファンが金髪になったなどと騒がれないようフードを深く被って、アレクはたどり着いた階段を見下ろした。

城内は広いせいか、足音がよく響く。地下牢に行こうとしているのが見つかれば、即刻部屋に強制送還されてしまうだろう。

「……なるべく静かに行かないと」

階段を下りようとした瞬間、突然アレクの前に人影が現れた。

驚きのあまり、思わずはっと息が詰まる。

「……っ！」

「あ！　アレク君！」

「学園長先生!?」

そこに立っていたのは、何度か見たことのある美女姿の学園長だった。

学園長はアレクと再会し、驚いて目を見開く。

しかし、すぐにアレクの髪と瞳がいつも通りの金色になっていることに気づいて冷静さを取り戻した。

ここで会えたのは運がいい。しかも、お披露目の場で見た時にはどこか心ここにあらずといった様子だったが、今はしっかりとした意志があるようだ。

そんなことを考えていると、アレクは勢いよく学園長に頭を下げた。

「ごめんなさい！　僕、記憶喪失になってて。自分が誰かも忘れていたんです。ついさっき思い出して、兵士に捕まった兄様達を助けに行くところだったんですけど……」

「そうだったの。思い出してくれてよかったわ」

「ところで、学園長先生は何でここに？」

そう聞くアレクに、学園長は妖艶に笑った。

「アレク君が川に落ちたと聞いて、助けに来たのよ。いろいろ情報を集めたら、ここにいることがわかってね。皆で城に忍び込むまではよかったんだけど、兵士に見つかりそうになったから、私が囮《おとり》として引き付けたの。その後、兵士二人とも気絶させたわ」

「そ、そうなんですか」

かなり大胆な行動をするな、とアレクが思っていると、学園長は「それは置いといて」と本題に戻った。

「双子ちゃん達がどこにいるかわかる？」

「はい！　城の地下です！」

「わかったわ！　じゃあ、急ぎましょう！」

「はいっ！」

アレクと学園長は階段を駆け下り、地下牢を目指した。

◆　◆　◆

牢屋に入れられて兵士が去った後、ライアンは不満げに鉄格子に手をかけた。

「うう～、捕まったな……」

ガシャガシャと鉄格子を揺らしてみるが、ビクともしない。

その隣でユリーカがため息をつく。

「魔法が使えなくなる手錠《てじょう》もかけられちゃったし。これはお手上げね」

ユリーカはカラリと独特な音を奏《かな》でる鎖《くさり》を見つめる。

シオンが思い切ってグッと鎖を引っ張ってみたが、カラン、という音がするだけでビクともしなかった。

「当たり前だけど……千切《ちぎ》るのは無理かな」

「なあ、お二人さんよ。さっきから黙ったままだが大丈夫か？」

ヴェゼルはガディとエルルを気遣う。

先ほどのアレクの反応に大きなショックを受けたのか、がっくりとうなだれている。

ガディがポツリと、独り言のように小さく呟いた。

「アレクは、俺らのことを忘れちまったのかもな」

その言葉を聞いて、エルルも弱々しくこぼす。

「そうなのかも……ね。アレクが幸せなら私も幸せだし、私達もいっそこの国に住んじゃうってのは……」

「こりゃダメだ」

ヴェゼルは全く話を聞いていない二人を横目に、諦め気味に呟いた。

すると、ライアンがヴェゼルに声をかける。

「なあ！　これってどうにか切れないかな？」

「ん？　鉄格子は無理だろ。たとえ魔法が使えたって、少なくとも子供じゃ溶かすことも切ることも無理だ」

「じゃあ、あなたはどうなのよ」

ユリーカが気丈に声を鋭くして聞くと、ヴェゼルは「おいおい」と呆れた声を出す。

「俺は魔法が得意じゃないから鉄格子は切れない。それに、牢から出られたとしても見張りがいるだろ」

「そうよね……」

ユリーカは残念そうに俯いた。

解決策がない。このままでは、罪人として処刑もありうる。

どうにかできないか、とライアン達は周囲を見回した。

その時。

カツン

「！」

靴の音が、響いた。

「誰か来る!?」

「こ、怖くなんてないからな！」

慌てるシオンを庇《かば》うように、ライアンが前に出る。

カツン、カツン、カツン

足音は牢屋の前でピタリと止まり、暗闇で何かがうごめいた。

「助けに来たよ！　みんな！」

「アレク……！　それに学園長先生!?」

現れた二人にライアンが声を上げ、一同はとても驚いた。

「学園長先生！」

「わかってる！」

アレクの呼びかけに応え、学園長がポケットから鍵を取り出した。先ほど気絶させた兵士からくすねたものだ。

カチン

「よっしゃー！　開いた！」

ライアンが牢屋を出ようとしたのを押し除《の》けて、ガディとエルルがアレクに突進する。

「「アレクーーーっ‼」」

「わあっ」

二人はガバッと物凄い勢いで弟に抱きつき、半泣きになっているエルルがアレクの顔を覗き込む。

「ほんとにアレクなのね⁉　よかった‼」

「心配、したんだぞ……」

「……うん。姉様、兄様、心配かけてゴメンね」

ギュッと精一杯力を込めて、アレクは二人を抱きしめ返した。

感動的な再会ではあったが、学園長は三人を早々に引き離す。

「はいはーい、手錠解くから離れて」

学園長はガディとエルル、ライアン達の手錠を次々と外していった。

ふと、ライアンが疑問を口にする。

「アレク、何で王子様になってたんだ？」

「うーん……よくわかんないや。僕、記憶喪失だったんだけど、親切な人に助けてもらってここに来て、気づいたら王子様になってた。多分、王様が気に入ってくれたんじゃないかな」

正直、アレクにも事情はよくわからない。きっと、王の単なる気まぐれなのだろう。

「へー！　王様も思い切ったなー！」

アレクの説明は適当だったが、ライアンはそれで納得したらしい。

それでいいのか、ライアン、と思ったが、これ以上追及されても面倒なので「そうだね」とだけ返しておいた。

その時、鋭く硬い足音が複数近づいてきた。

「！　まずい、兵士よ！」

「なぜ牢屋から出ている⁉」

ユリーカが叫んだ直後には十数人の兵士が駆けつけ、狭い地下に集まる。

すると、兵士の一人がアレクの存在に気がついた。

「……ティファン様？」

「！」

直後、ガディとエルルがアレクを守るように、兵士の前に立ちふさがる。

兵士はギリ、と自分の持つ槍を握りしめた。

「おのれ……人質とは卑怯《ひきょう》な！」

「おい待て！　ティファン様の髪と瞳は、紫じゃなかったか？　そやつは金髪に金の瞳だぞ？」

「いいや！　このお顔に間違いはない！　ティファン様、危険ですのでこちらに！」

兵士がバッと手を差し伸べた。

しかし、それに怯えるように身を隠すアレクを見て、兵士は戸惑った。

「ティファン様⁉」

「邪魔よ」

その瞬間、エルルが風魔法を展開した。

兵士一人の胸元をトンッと軽くひと押しすると、物凄い突風が発生して兵士達をなぎ倒す。

「今よ」

「急げ！」

エルルとガディの合図で、バタバタと大急ぎで地下から脱出するアレク達。

「追えっ、追えーーーっ!!」

兵士達がドタドタと大きな足音を立てて追いかけてくる中、アレク達は必死で逃げる。

複雑な造りの場内を、兵士達を撒《ま》くために右へ左へと曲がって走っているうちに、アレクはガディ達とはぐれてしまった。

「ええと！　どこに逃げれば……！」

その時、誰かに思い切り手を引かれた。

「早く、急いで！」

「え……!?」

声に従うがまま近くの部屋に飛び込むと、扉がすぐにバタンと閉まった。

「危なかったね、ティファン」

「ケイン……!?」

手を引いたのはケインであった。アレクは連れ戻されると思い、咄嗟に逃げようとした。

しかし、ケインは大声でアレクを呼び止める。

「待って!!　君を逃がす!!」

「……え？」

ケインの言葉に、アレクは戸惑いの表情を浮かべた。

「逃がすって……」

「ここ、物置なんだよ」

そういえば、と辺りを見回す。

ゴチャゴチャといろいろな物が置いてあって、ぶつかれば倒れてしまいそうだ。

ニヤリと悪ガキのように笑いかけるケインに、アレクはさらに首を傾げた。

ケインは部屋の隅《すみ》に移動し、床にあった大きめの毛布をどかす。するとそこから、階段が現れた。

「これは……!?」

「ここを下りていけば、脱出できる。王族専用の脱出経路だよ。ほら、早く」

「何で……」とアレクが聞くと、ケインは「いいから」と急《せ》かした。

「短い間だったけど、私の弟でいてくれてありがとう」

「……え？」

次の瞬間、ケインに階段へ押し込まれた。

階段の入り口には再び毛布がかけられ、アレクは進むしかないことを悟る。

「……何でケインは、僕を逃がしてくれたんだろう」

そう疑問に思うが、もう本人に聞くことはできない。

アレクは、階段の先の暗闇を見つめた。

◆　◆　◆

一方その頃、学園長は一人、はぐれた仲間達を捜していた。

「どうしましょ……まさか、一人になっちゃうだなんて」

焦りながらアレク達を捜すが、目に入るのは騒ぎを聞きつけた兵士や執事のみ。

子供らしい背丈の人物は、どこにも見当たらない。

「う……本当に誰もいないの？」

「あなたは、ティファンの仲間？」

「！」

振り返りざまにバッと声のした方へ手を向け、いつでも魔法を放てるように構える。

しかし、その手にそっと手が重ねられた。

「——あな、たは」

息が止まりそうになった。

金髪に、金の瞳。何かを決心したような表情。

それはティファンのお披露目の場で見た、もう一人の王子であった。

「ケイン王子……？」

「ああ。あなたで最後だ」

「え？」

呆気にとられている間にケインに手を引っ張られ、そのまま通路を走っていく。

しばらく走り続けて、一つの扉の前にたどり着いた。

「入って」

「え、ええ……」

戸惑いながら返事をし、学園長は部屋に入る。

パタンと扉が閉まると、一気に室内は薄暗くなる。唯一の光は、窓から差し込む薄紫の光のみだ。

ケインは早口で学園長に説明した。

「みんな逃げてもらったんだよ。あなたで最後」

「だから、それってどういう……」

ケインは答える素振《そぶ》りすらなく、バッと床に置いてある毛布をどけた。

そこから石造りの階段が現れ、学園長は意味がわからない、と首を捻る。

「これは……」

「外に通じる階段。ティファンや仲間の人達は、もう出ていったよ」

「……あなたはなぜ、私達に協力するの？」

学園長はケインへの警戒を最大レベルまで高め、低い声でそう質問した。

すると、ケインは悲しげに笑う。

「そうだね……まだ時間がある。僕の話を、聞いてくれるかい？」

「……そうね。信じるか信じないかは、その話を聞いてから決めるわ」

学園長が挑むかのような声で言い放つと、フッとケインは窓の外に目を向けた。

◆ ◆ ◆

ケインに導かれて入った階段を進んで出た場所は、城の敷地外にある井戸の近くだった。

周囲の様子をしばらく窺っていると、ガディやエルル達が同じ抜け道からやってきて、学園長以外の者達と合流した。

ヴェゼルが信じられない、と自分達が出てきた階段を見つめる。

「まさか、本当に外に出られるなんて。てっきり処刑でもされるのかと」

「だったら何で階段に入ったんだよ！」

ライアンの問いかけにヴェゼルは答える。

「そりゃ、もう自棄《やけ》だな。魔物でも何でも、かかってきやがれーみたいな感じで」

「ふぅん。呆れた！」

ユリーカがぷい、とヴェゼルからそっぽを向くと、それを宥めるようにシオンが話しかける。

「ユ、ユリーカ！　年上の人にそんなこと言っちゃダメだよ」

「何よ！　年上だからって偉いわけ？」

「まあまあ落ち着いて」

アレクが間に入り、不機嫌なユリーカを落ち着かせる。

その時、エルルが何かに気がついた。

「あれ……何？」

「え？」

ドタバタと走ってくる誰か。

それは、一人の男性であった。何かを抱きかかえて必死に走っている。

「あれは……」

「「「ティーガさん!?」」」

アレク、ユリーカ、シオン、ライアンの声が見事ピタリと重なる。

それは間違いなく、校外学習先の担当、ティーガ・カーターであった。

アレク達と目が合ったティーガは、さらにスピードを上げてこちらに駆けてくる。

「よかった、アレク君！　無事だったんだな！」

「一体どうしたんですか？　何でこんなところに……」

肩で息をしているところを見るに、相当急いで来たのだろう。かなり疲れているに違いない。見れば、格好もボロボロだ。

しかしティーガはアレクの質問に答えることなく、早口で問いかける。

「ケイン王子はどこだっ!?」

「え？」

「ケインはあそこだ」

ガディが城を指さすと、「行かなければ！」とティーガが再び駆け出そうとする。

その肩をヴェゼルがつかみ、冷静に声をかけた。

「まあまあ。状況説明してくれよ」

「今、それどころじゃ……！」

ティーガが振り向いた、その瞬間だった。


ズゥン……！


「！」

「何だ、この揺れは」

「何!?」

アレクだけでなく、数々の修羅場を潜り抜けてきたはずのＳＳＳランク冒険者であるガディとエルルも動揺を隠せない。

まるで地鳴りのような音がした。

途端に、地面からシュウウ……と謎の煙が上がり始める。

それを見てティーガは顔を青くした。

「始まった！」

「え?」

「説明してくれ! 早く!」

ヴェゼルの焦りの混じった声に答えようと、ティーガは震える口を開いた。

第八話 ケイン、過去を語る

今から十六年前の話、舞台はルフィーネ王国の王妃の出産から始まる。

「お妃様のご出産が! もうすぐです!」

「お黙りっ! 落ち着きなさい!」

慌てるメイド達を産婆が一喝する。

ゼェ、ゼェ、と荒い息をして汗ばむ妃の手を握っているのは、国王バトラーだ。

城中の使用人が慌ただしく動き、ざわめきに包まれる中、大きな産声《うぶごえ》が上がった。

産婆が赤子を取り上げ、優しく微笑む。

「お世継ぎのご誕生、おめでとうございます! 元気な男の子ですよ!」

「ああ……よかった、よかった……」

妃が感動のあまり泣き出しそうになった、その時であった。

「……! もう一人! もう一人いらっしゃいます!」

「え⁉」

「なっ‼」

妃と国王は、驚きのあまり大声を上げた。

それから一時間後――先ほど生まれた男児よりは控えめな、小さな産声が響く。

「……とても可愛い、女の子ですよ」

「………」

喜びの声など一切なく、その場はシンと静まり返っていた。

それもそのはず、ここルフィーネ王国では双子は不吉の象徴。本来なら、下の子を殺さねばならない。

「……あなた」

妃が静かながらも強《したた》かな声で、王に言った。

「このことは、公《おおやけ》にならぬよう。生まれたのは、王子だけです」

青ざめている国王が何かを言おうと口を開きかけたのを遮り、妃は言葉を続ける。

「王女……妹のほうは、隠して育てます。王子も王女も、私の愛しい子供です……」

国王という立場であるならば、王女の処刑を言い渡さねばならないのだろう。

しかし、無垢《むく》な表情をした我が子を見ていると、この子が災いをもたらすとは思えず、妃の言葉に否という気にはなれなかった。

周囲の文官や使用人達も、王女に哀《あわ》れみの目を向けている。

国王はしばし逡巡《しゅんじゅん》した後、覚悟を決めた。

「……わかった。皆の者。この事実は、それぞれ墓まで持っていくように」

「……承知しました」


こうして、ルフィーネ王国に王子と王女が誕生した。

その後もルフィーネは相変わらず干ばつに苦しめられ、数年後、王妃は病で命を落とした。

◆　◆　◆

赤子が生まれて、十年が経過した。

王子は、ケイン・カルロス・フルール・トルン・ルフィーネ、王女は、ノイン・カナリス・ラヴ・トルン・ルフィーネと名付けられた。

ノインは存在を秘匿《ひとく》されていたため、与えられた部屋から出ることすらできない。

部屋の中で最低限の勉強をし、本を読み、食べて、寝て、遊ぶを繰り返していた。

将来、王となるための勉強ばかりしているケインとは違い、暇を持て余している。

ノインは、外の世界をあまり知らない。毎日毎日同じ本を読み、外への思いや想像を膨らませる。

ノインは籠《かご》の鳥として育てられていた。

その日も、ノインはいつも通り本を読んでいた。

ふと、カチャリ、とドアの開く音がして、金髪に金の瞳の少年が部屋に入ってくる。

「ケイン！」

「ノインに会いたくて、早めに勉強を終わらせたんだ。ほら、お菓子がたくさんあるよ」

ケインが大きめのポーチから、飴《あめ》やら焼き菓子やらを取り出した。

「わあ〜！」

「ノイン、甘いの好きだろ？」

「嬉しい！　ケイン、ありがと！」

ノインは満面の笑みで「いただきま〜す！」と言ってから、焼き菓子を頬張り始めた。

きっとケインに出されたものを、こっそり袋に包んできたのだろう。

多少、形は崩れていたが、焼き菓子は柑橘《かんきつ》系の香りがして甘く、ふわふわと柔らかかった。

「おいしい！」

「よかった」

ケインが笑ってノインの頭をそっと撫でると、ノインは「えへへ」と嬉しそうに身を委《ゆだ》ねる。

「……ねえ、ノイン」

声をかけられ、ノインは上目遣いでケインを見る。

「？」

「外に、出たくない？」

ケインの言葉に、ノインは首を傾げた。

「父上！　どうかお願いいたします！　ノインを外に連れていく許可を！」

「……ケイン。それはあまりに無謀だ。ノインの存在は世間に知られてはならぬのだぞ」

ケインは必死に国王である父、バトラーを説得し続けていた。

人払いしてあるので、玉座の間にはケイン、ノイン、バトラーしかいない。

バトラーは咳払いをし、顔をしかめながら淡々と告げる。

「第一、その金髪に金の瞳は目立つ。街に行こうなどと……」

「と、とうさま……」

その時、ケインの陰に隠れていたノインがおずおずと顔を覗かせ、バトラーに呟くように言った。

「私、お勉強だってちゃんと頑張ります。どうか一度だけ、お願いします。髪はどうにかして隠しますから」

「……はぁ」

バトラーはため息をついて、頭をわしわしとかいた。

じっとこちらを見据えるのは、気高き王子と臆病《おくびょう》な王女。

……ケインなら、ノインを守れるであろうか。

そんな考えが頭をよぎり、バトラーは渋々言い放った。

「一度だけだぞ」

「ありがとうございます！」

パアッと顔を輝かせたノインとは対照的に、ケインは父と、まるで睨み合うようにしてその場から立ち去った。


国王に許可を貰ったケインとノインは、早速街に行く準備を始めた。

「どう？　どこからどう見ても平民の娘でしょ！」

「はい！　あ、でも、その綺麗な御髪《みぐし》と瞳がなければ、ですが」

「マントを被ればいいよ！」

ノインは嬉しそうにクルクルと回りながら、青髪の少女に向かって声を上げる。

その清楚な印象を受ける少女は、ノインと大して年は変わらないように見えた。

「ね？　ケイン！」

「……ああ」

ケインは頷きながらも、青髪の少女を睨んだ。

ビクッと体が跳ね、怯えるように縮こまった少女を見て、ノインは少女とケインの間に入る。

「やめて！　ねえさまをいじめないで！」

「ひ、姫様……」

「フン」

その行動が気に入らないケインは、ふい、と顔を逸らす。

この青髪の少女は、国王と妾の子供であるルイス・リディアであった。

リディアは母親の姓であり、その母は数年前に亡くなっている。

それまでは一応「国王の娘」として生きてきたルイスであったが、母が亡くなった途端に後ろ盾を失い、とある文官に身柄を引き取られた。

しかしその文官も亡くなって、ルイスは今、独り身でノインに仕え続けている。

今回の外出にも、ルイスが同行することになっていた。

しかし、ケインは腹違いのルイスを嫌っている。

「チッ。妾の娘が偉そうに……」

「ケインッ！　ねえさまに向かって、なんてこと言うの！」

咎《とが》める言葉にカチンときたケインが、ノインにずかずかと歩み寄り、まくしたてる。

「姉様だって!?　こんな奴、一度も姉だなんて思ったことないね！」

「何でそんなこと言うの!?　ねえさまに謝って！」

「ケ、ケイン様っ！　姫様っ！」

慌ててルイスが仲裁に入るが、ケインは興奮した猫のように、フーッ、フーッと荒い息をし、くるりと背を向けてルイスに言った。

「早く、馬車の用意を」

「承知いたしました」

ルイスがその場を去り、ノインはケインを不満げに見つめた。

(何でケインはねえさまのこと嫌いなの？　こんなに優しくて、とても綺麗なねえさまなのに……)

その時のノインには、全く理解が及ばなかった。

街に到着すると、ノインは馬車を降りて顔を輝かせた。

「わああ～！」

今まで見てきた、どこか着飾ったような贅沢《ぜいたく》な城内とは違い、街は活気溢れるものとなっていた。

——その時、ふとノインはある人影に目を留めた。

「あれ？　ケイン、あの人……」

「ん？」

見れば、ボロボロの格好の男性が、必死で道行く人に頼み込んでいる。

「どうか……どうか息子を助けてください……！」

「おい、見ろよ。息子の病気を治すため、金を全部使っちまったらしいぜ」

「もう生きていけないな」

懇願する男性のそばを通り過ぎた二人組の男が、ひそひそと話していた。

男性は、「息子を……」とヨタヨタと歩きながら、こちらに近づいてくる。

ケインは不快そうな顔をして、ノインの手を握り、立ち去ろうとした。

しかし、ノインが勢いよくそれを振り払う。

「！」

ケインが呆気にとられているうちに、ノインは男性に駆け寄った。

「あの、すみません！」

「ひ、姫様……!?」

その行動にはルイスも驚き、慌てふためいている。

そんなことなどお構いなしに、ノインは自分のネックレスを外し、男性の手に落とした。

男性が何度も礼を言い、ノインは笑顔で帰ってくる。

ケインが焦りながら小声で怒鳴った。

「何やってるんだよ、ノイン……！　王族だってバレたら！」

「大丈夫よ！　マントをちゃんと被ってるし……それに、王は民がいなければ成立しないって言うしね！　困っている人がいたら助けなきゃ！」

どこでそんなことを覚えたのか――ケインは眉間に皺を寄せた。

ノインの言葉を聞いてクスクスと笑うルイスが目に入り、コイツか……とケインは苦々しく思う。

ただでさえ世間知らずだというのに、純朴な妹に余計なことを教えないでほしい。

ケインは一度ため息をつくも、すぐに気を取り直してノインに手を差し伸べた。

「あのネックレスの代わり、買ってあげるから。ほら」

「ありがとう、ケイン！」

微笑み合いながら宝石店に入っていく双子を見て、ルイスは切なげな表情を浮かべた。

「……双子が不吉なんて言い伝え、なくなればいいのに」

その言葉は誰に届くこともなく、風に乗って消えた。


街でいろいろな物を買い込み、満面の笑みのノインを見てケインは満足そうだった。

空は夕焼け色に染まっている。もうじき帰らなければならない。

ルイスは後ろを振り返り、二人に声をかけた。

「ケイン様、姫様、もうそろそろ……って、え!?」

ケインとノインの姿がない。

ちょっと目を離した隙にどこかに行ってしまったのか、あるいは何者かに連れ去られたのか……

ルイスは顔を真っ青にする。

「ど、どうしよう！　このまま見つからなかったら……!?」

ルイスは涙目になりながら、双子の姿を捜し始めた。


「ねえっ、急に走ってどうしたの!?」

「……」

ケインは黙ったまま、ノインの手を引いて坂道をただひたすら走っていた。

しばらく走り続けていると、何かが見えてくる。

「あれ？」

坂道を上りきった先にあったのは、干《ひ》からびた土地だった。

何もない。ただただ、地面が広がっている。

「これ、は？」

「……ここは、街の外でよく見る景色さ。あんなに賑わってるのは街だけ。普通は……こんななんだよ。緑なんてない」

ケインが悲しげに乾燥してさらさらとしている地面を撫でる。

ノインは戸惑いながら問いかけた。

「それなら、水魔法を使えばいいんじゃない？」

「無駄だよ。すぐ地面に吸い込まれちゃうし、この国全体に魔法を使うだなんて、いくらうちが小国でも無理」

「……じゃあ、お城や街の水はどうしてるの？　いつも、あんなにたくさんあるじゃない」

「川から運んでるんだよ」

「誰が？」

「……ルイスと、他の水運人が」

「ねえさまが!?」

驚いてノインは目を見開いた。

しかし、そんな反応など物ともせずに、ケインは腕組みをして言い放つ。

「そういう役目なんだよ。妾の子だから」

「ケインッ！」

ノインが鋭い声で窘めると、ケインは不満そうな顔をする。

しかし、それはすぐに真面目な表情へと変わり、わずかに翳《かげ》が差した。

「……僕は、未来の王様だ。未来を見据えていかなきゃいけないんだ」

「未来……？」

ケインの言葉の意味が理解できず、ノインは首を傾げる。

ルイスが二人を見つけて迎えに来るまで、ケインとノインは黙って地面を見つめ続けた。

◆　◆　◆

「げほ！　げほっ！」

「ケイン……大丈夫？」

ある日、ケインが熱を出した。

顔を真っ赤にしてベッドで苦しげにしているケインに、ノインが心配して声をかける。

「きょ、今日は大事なパーティーでしょ……？　しかも、ケインが主役の誕生日のパーティー。どうするの？」

「……決まってる。出るさ」

ケインは体を起こそうとしたが、ガクンと力が抜けてしまい、再びベッドに潜る羽目になった。

ノインの付き添いで見舞いに来たルイスも困り顔だ。

ケインは安静にしていなければならないが、肝心の主役である王子が欠席となれば、他国に対する面目が立たない。それを重々理解しているケインは、無理にでも起き上がろうとする。

その時、ふとノインは閃《ひらめ》いた。

「ねえ、ケイン。ゲームをしましょう」

「ゲーム……？」

突然そんなことを言い出したノインに、ケインは怪訝そうな顔をする。

しかし、ノインは自信満々に自分の考えを述べた。

「私達、入れ替わるの。ケインは私に、私はケインに。そして、パーティーが終わったら戻る」

「そ、そんなの上手くいくわけ……第一、お前は女じゃないか」

却下しようとするケインに、「大丈夫よ」と意気込むノイン。

「私達双子なのよ？　――安心して。私は、成りすましてみせる」

ノインは、一度こうと決めたらなかなか譲らない。ケインはそのことを、長い付き合いでよく理解していた。

「……そんなことを思いつくの、きっとノインだけだよ」

説得を諦めたケインは苦笑いをし、スッと洋服ダンスを指さした。

「あの中に、今日の服が入ってる……」

「わかったわ！　ねえさま、私に服を着させてくれる？」

「……喜んで、姫様」

「じゃあ、着替えてくるわね！」

ノインはケインの部屋を足早に出ていった。

ケインの今日着るはずだった服を手に取り、ルイスも後に続こうとする。

ふと、ケインの小さな独り言が聞こえてきた。

「……今日は、ノインの誕生日でもあるのに」

その言葉を聞いて、ルイスは胸が締めつけられた。

ノインは、公には存在しないものとして育てられてきた。

祝われることなど当然ないし、それをルイスが何と思おうが、状況が変化することもありえない。

なぜなら、ノインは本来なら存在しないはずの人間だからだ。

そのつらい現実を改めて思い知らされ、ルイスは顔を歪めた。

「ケイン・カルロス・フルール・トルン・ルフィーネ様です！」

ぎこちない笑みを浮かべながら、今回の主役である王子——の格好をした王女が、席に座っていた。

「おめでとう！」

「お誕生日おめでとうございます！」


そこは、普段なら王であるバトラーが座っている玉座である。本来は座ってはならない場所だが、今日ばかりは将来に備えてということで、特別に許しが出ていた。

もっとも、実際に座っているのは、一生そこに座るはずのなかったノインなのだが。

人々の煌びやかな衣装や豪華に装飾された室内を見て、ノインはふと疑問に思う。

(国民はあんなに苦しそうなのに……こんなパーティーしてていいの？)

「ケイン様」

すると、玉座に一人の少女が近づいてきた。

紺色の巻き髪が特徴的なその少女は、愛想笑いを貼り付けてノインに声をかける。

「ケイン様、お誕生日おめでとうございます。婚約者のアラベルでございます」

「……」

予想外のことに、ノインは言葉を失ってしまった。

(だっ、誰!?　この人！　というか、ケインって婚約者いたの!?)

何とか無表情を作ったが、内心ではとても困惑している。

ただ、婚約者ならば愛想よくしておいたほうがよいだろうと、ノインは玉座から立ち上がった。

そっと婚約者である巻き髪の少女の手を取り、口づけをする。

すると、途端に周囲がざわめいた。

「!!」

「!?」

「えっ!?　あっ……えっ!?」

「このたびは、僕の誕生日……お祝いいただけて光栄でございます」

ノインは婚約者の少女に微笑みかけながらも、周りの様子に戸惑っていた。

(何でだろ……みんなすっごく驚いてる。婚約者の子なんてビックリして固まってるし)

その時、国王バトラーが大声でノインに叫んだ。

「ケイィンッ!!」

「!?」

(えっ……怒られる!?　キスは敬愛の証じゃなかったの!?)

バトラーが気品の欠片もなく、大股でずかずかと王らしからぬ様子で来るのを見て、ノインは思わず身構えた。

しかし——

「よく……よくやった！」

ガシッとなぜか肩をつかまれた。国王が感極まっているのに気づいて、ノインは目を剥《む》く。

「!?」

「女嫌いのお前が……ようやく婚約者を認めたのだな!!」

(そうだったのーー!?)

ケインにそんな一面があったとは露知《つゆし》らず、とんでもないことをしてしまったのかもしれない。

しかし、おかげで祝賀の雰囲気がさらに高まったパーティーは盛況となり、ノインは一仕事終えたことに満足したのだった。


パーティーが終わり、ノインがまず向かったのはケインが寝込んでいる部屋だった。

「ケイン!」

「ノイン……パーティー、どうだった?」

心配そうなケインの問いかけに、ノインは自信満々に答える。

「上手くいったよ!　あ、でも」

「?」

ノインはケインの鼻先に、人差し指を突きつけた。

「ケイン、女嫌いなんだって?　何で黙ってたの」

「う……」

決まり悪そうに、ケインはふい、と顔を逸らした。

ノインがケインを睨み続けると、観念したのかため息をつき、弱々しく言う。

「だって……女嫌いだなんてカッコ悪いだろ？　僕は兄、だし……ノインにそんなところ、見せられないし……」

「……ふふっ……あはははははっ！」

消え入るようなケインの言葉に、堪《こら》えきれない、とばかりに笑い出すノイン。

ケインは恥ずかしくなったのか、顔を真っ赤にして叫ぶ。

「わ、笑うなーーーっ！」

「あははっ！　ゴ、ゴメン。つい、面白くって」

「おもしろ……」

口元をヒクヒクさせているケインに、「うん」と頷いてノインは言った。

「ケインにもやっぱり、子供っぽいところがあるんだね」

「え？」

ケインは突然そんなことを言い出した妹に思わず首を傾げる。

「私ね、ケインはずっと遠くを見てるんだと思ってた」

「？　何の話……」

「ケインは、未来を見据えてるんでしょ？」

「ん、まぁ……」

「将来王になるんだもんね。それに比べて私は、王女らしいことなんて一つもしてない。ケインは、私よりずっと大人びてると思ってた」

「……」

「だけど、ケインはケインだよね。……変なこと言ってごめん」

「……僕、そんな風に見えてたの？」

「うん。王になるためにって頑張ってるのは知っているけど、いつもどこか寂しそうなの」

「そう、なんだ……」

照れくさくなって、ケインは俯いた。

まさか、ノインにそう見られていたとは思わなかった。

確かに自分は、他人を突き放してきた。よくわからない理屈で妹と引き離したくせに、王子として敬《うやま》ってくる奴らを、信用することができなかった。

しかし、そんな連中とは違ってノインを突き放した覚えは一度もなく、またその気すらない。

それにもかかわらず、ノインに孤独な人間という印象を持たれているのなら、他の人間にはもっとひどい印象を抱かれているのだろう。

ノインを元気づけるように、ケインは笑ってみせた。

「僕は寂しくなんてないよ。心配しないで、大丈夫。僕達はずっと一緒だ」

「うん……うん」

その言葉を、今はひたすらに、純粋に、ノインは信じていた。

◆　◆　◆

ケインの誕生日パーティーから六年。ケインとノインは、ともに十六歳になった。

あのパーティー以後、二人は時々入れ替わったりもしていたが、今ではすっかりノインの髪が腰まで伸びてしまったため、もうできない。

それでも、幸せだった。

これからもノインは、ケインの立派な姿を見つめて、陰で支えていくのだと思っていた。

悪夢が現実となる、その時までは。


深夜。すっかり眠りに落ち、ノインは小さな寝息を立てていた。

しかし、パチ、パチという何かが弾ける音によって目が覚めて、ベッドから重い頭を上げる。

「ん……何の音？」

窓の外に目を向けて、視界に飛び込んできたのは赤色。ゆらゆらと揺れ、幻想的で美しかった。

ぼんやりとした頭が徐々に覚醒し、熱と異臭に気づく。

「え……!?　何でっ、何で燃えてるの!?」

ベッドから下りて窓の外を見れば、城は炎に包まれていた。

美しくも見えるその炎は、ノインの顔をぎらぎらと照らしている。

「嘘っ……」

「ノイン!!」

名前を呼ばれて振り返ると、扉のそばには寝間着姿のケインがいた。

ドアをこじ開け入ってきたのだろう、手は赤く腫《は》れ、びっしょりと汗をかいている。

「ケインッ‼」

「ノイン‼　早く逃げよう‼」

バッと差し出された手を取り、ノインはケインと火の手の上がる廊下を走った。

「何があったの……⁉」

「……革命だよ」

「革命⁉」

ケインがギリ、と歯を食いしばり、ノインを守るようにして通路を走り抜ける。

ノインは激しく立ち上る黒い煙を吸ってしまい、思わず咳き込んだ。

苦しい――初めて感じる息苦しさに、思わず涙目になる。

「ゲホッ、エホッ！」

「ぐっ……早く逃げないと、死んでしまう」

ケインに手を引かれてまた走り出すが、状況は呑み込めないままだ。

「革命って何なの⁉　何でっ……」

「国民の、反逆だ。父上が……水や食料を城に独占していたらしくて。不満が限界に達した民衆が攻めて来たんだよ」

「え⁉　じゃ、じゃあ私達は……」

城を脱出した後を想像して、ノインの顔は青ざめる。

ケインは苦虫を噛み潰したような顔で口を開いた。

「民に見つかったら、ただじゃすまないだろうね。大丈夫。お前だけは守ってみせるよ。たとえ、この命にかえても」

ケインは勇ましく前を向いたまま、自分の愛剣である『水流の剣』の水色の柄《つか》を握りしめた。

すると、通路の奥から野太い叫び声が聞こえてくる。

「いたぞ!!　王族だ!!」

「急ぐぞ！」

上等とはいえない剣を手に、農民と思《おぼ》しき男二人が向かってくる。

「マズい……見つかった！」

「け、ケインッ……」

二人はただひたすらに走り続けた。

先の見えない、出口へ。


「ど、どこ……ケインーー！」

城から出たケインとノインは、身を隠しながら街を走り続けた。

人の目を掻い潜るため、あえて複雑な経路で街の外を目指していたが、ノインが気づいた時には、ケインの姿は見えなくなっていた。

周囲を見回しても、どこにもケインは見当たらない。

一人であることがとても心細く、ひどく恐ろしかった。

炎がまるで自分を追い立てているように感じられ、ノインは必死に走り続けた。

その時、大きな人影がノインに走り寄った。

「見つけたぞ！」

「あっ……!?」

国民と思しき男が、剣を握る手に力をこめてこちらを睨む。

逃げようとして背を向けた瞬間に、ノインは寝間着のスカートの裾を踏んでつんのめった。

「キャ……！」

ドサッと地面に倒れ込み、布の破れる音が響いた。

咄嗟に起き上がろうとしたところで、喉元に剣が突きつけられる。

「息子を……返せ……！」

「あ、あなたは、六年前に街で会ったっ……」

確か、自分が初めて街に出た時に、ネックレスをあげた男だ。

しかし、あの時とはまるで別人で、目が血走っている。

その憎しみに満ちた目でひと睨みされ、ノインの喉から細い悲鳴が漏れた。

「死ね……!!」

ブオンッ！　という風を切る音が、すぐ耳元で響いた。

ああ、自分は死ぬんだな、とノインは絶望して目を閉じた。

（ごめんなさい……ケイン）

その時。


ガキィン！


「なっ……！」

「……？」

何かが、弾かれる音がした。

いつまで経っても、斬られたような痛みは感じない。

恐る恐る目を開けると、男とノインの間に少女が割り込んでいた。

驚くことに、その少女は風を纏《まと》い、フワフワとその場に浮かんでいる。

『消えろ』

少女の一言で、パアンッ！　と男がはるか遠くへ弾き飛ばされた。

ノインは目を見開く。

「あ……あ……ああ」

あまりの出来事に、言葉にならない声が漏れた。

すると、宙に浮かんでいる少女がくるりと振り返る。

その目はひどく冷たくて、ノインは思わずゾッとした。

『無事？　よかった。あなた、ノインね』

「は、はい」

ノインはよろよろと立ち上がって返事をした。

『私はシルフィード。風を司《つかさど》る精霊。天の者の眷属《けんぞく》。あなたの兄君との契約を果たしに参りました』

ノインは理解が追いつかず、喉がカラカラになりながらも、何とか言葉を絞り出す。

「けい、やく……？」

『ええ』

ニコリともせずに、シルフィードは淡々とノインに語り続ける。

『私は昔、あなたのお兄様であるケイン様に助けていただきました。お礼に何でも願いを叶える、と言ったら「妹が困った時に助けてやって」と。これは六年前のことです』

いつの間にそんなことを、とノインは呆然とする。

宙に浮かぶ少女は、自分のことを精霊だと言った。確かに、彼女は本に出てきた精霊の姿そのものだ。先ほどの男を吹き飛ばした力を見ても、本物の精霊なのだろう。

『それで、あなたを助けに来たのです。さあ、あなたの願いは？』

「……私の、願い？」

『あなたの願いを叶えれば、助けたことになるでしょう。何でも望みを言ってください』

自分の願い。

そんなこと、考えるまでもない。

ただ一つ、今の自分が望むこと。

それは――

「王国を、元に戻して……!!」

『元に戻す、とは』

「このことをなかったことにっ……革命をなかったことにして！」

ノインは涙をこぼしながら、そう懇願した。

平和な時を。

平和な日常を返してほしい。

そう震えながら言うノインに、残酷な真実が告げられる。

『革命をなかったことにはできません。失われた命は元には戻らない』

その言葉を聞いて、真っ先に気になったのは兄の存在だった。

「ねえ、ケインは？　今、どこにいるの？」

『……残念ながら、もういません』

「え？」

『存在しません』

その言葉に、ノインの戸惑いの表情が絶望に染まる。

存在しない——それはつまり。

昨日までのケインの明るい笑顔、そして城を抜け出す時の決意に満ちた表情を思い出す。

——大丈夫。お前だけは守ってみせるよ。たとえ、この命にかえても。

力強くも優しい声が耳に響いた。

嘘だ。信じたくない。

しかし、どれだけ振り払っても、最悪の事態が頭をよぎる。

ケインは、ケインは——

「ケ、ケインはっ……」

『……残念ながら、死亡したものかと』

ずるり、とノインは崩れ落ちた。地面にへたり込み、溢れる涙を拭おうともしない。

「何でよ……ケイン……」

一番そばにいてほしい人がいない。

一番頼りになる人がいない。

この国の、王子がいない。

絶望で、目の前が真っ黒に塗りつぶされたような気がした。

「……そ、んな」

元には戻らない。

戻れない。

もう、戻ってこない。

そのことに、ひどくショックを受けた。

うなだれるノインに、シルフィードは言葉を続ける。

『事実を変えることはできませんが、あなたに夢を見せることはできます。平和な夢を。あなたの理想を』

「……」

その言葉を聞いて、ノインが顔を上げた。

『私の力で、精霊の力による術で構わないのなら』

「……ねがい、お願いっ！」

そうノインが叫んだ瞬間、フワリ、と目の前に淡い色の花びらが舞った。

花びらが風に揺られ、空中に溶けてなくなった途端、周りが煙に包まれる。

その煙が晴れた時には、もう城や街は元通りになっていた。

「……凄い」

その場は、夜の静寂に包まれていた。

ノインは戸惑いつつ、シルフィードに質問する。

「どうやったの？」

『私の術。あなた達の技術に沿って強《し》いていうなら、水魔法です。水の蒸気で作り出した、実体を持つ幻想。しばらくすれば、この国は水で満たされるでしょうね』

「じゃあ、水不足が解消されるの？」

『はい。植物ぐらいは生えてくるでしょう』

そのことにノインは歓喜した。これで国民が苦しむことも、革命が起こることもない。

しかし、引っかかることはある。

「私が夢を見るって、どういうこと？」

『ここは幻想の中。つまり本当のルフィーネは今も戦火に包まれているのです。私は風の精霊。水魔法は苦手です。この状態を維持できるのは、私の力では数週間が限界でしょう。泡沫《うたかた》の夢ですが、どうかお許しを』

「さっきまでいた人達はどうなったの……？」

『実際のルフィーネでは、革命が続いています。ですが、明日にでもなれば終わるでしょう。幻想が消えた時、ルフィーネは滅んでいるでしょうね』

「……そう」

『この幻想は、あなたを守る籠《かご》です。あなただけの空間。だから、あなた以外は入ることができません』

シルフィードの説明を、ノインはぼうっと聞いていた。

まるで、さっきのことが夢のようで。

革命が起きているなんて、実感が湧かない。

すると、シルフィードが釘を刺すように付け足した。

『幻術といっても、ここにいる人は現在ルフィーネで生存している人だけです。ルフィーネにいない、もしくは死んでいる人は存在しないものとして扱われています』

それを聞いて、ノインはふと一つの考えを思いつく。

ノインはか細い声を絞り出すように、シルフィードに問いかけた。

「……もう一つ、お願いしていい？」

『はい』と返事が来ると、ノインは言葉を続けた。

「私を、ケインにして」

『……？』

「私が消えたことにして！」

『ですが、あの人は存在しない――』

すると、ノインは涙をこぼしながらキッと顔を上げた。

「私がケインになる！　私は使えないお荷物の王女。そもそも、私こそがいなかった、生まれなかったはずの人間。だから……お願い」

『……わかりました』

シルフィードは頷き、花びらを散らし始めた。

フワフワと舞う花びらを、ノインは呆然と見つめ続ける。

『……これで、あなたは存在せず、ケイン様として存在することになりました。本当によろしかったので？』

「ええ……ありがとう」

礼を呟いて、ノインはゆらりと立ち上がった。

先ほどノインの喉元に突きつけられていた剣は、ノインの足元に落ちていたせいか、幻想の中に取り込まれたらしい。

地面に落ちているそれを、ゆっくりと拾い上げる。

『何を……』

剣の柄をギュッと握りしめ、自分の長い髪を切り落とした。

『！』

「……」

落ちていく金髪を眺めながら、初めてケインと入れ替わったあの日を思い出す。

『ねえ、ケイン。ゲームをしましょう。ケインは私に。私はケインに』

『そんなことを思いつくの、きっとノインだけだよ』

「そうよね……きっと思いつくのは私だけ」

ゲームをしよう、もう一度。

二度と終わることのないゲームだけど。

たった一人のゲームだけど。

私は、ケインとして生きていく。

きっとケインの願いを叶えてみせる。

だから、だから。

「——安心して。私は、成りすましてみせる。あなたがなりたかったあなたに」

◆　◆　◆

シルフィードの幻術は不思議だった。

幻術のはずなのに、食べ物や水で腹は満たされたし、物に触れることができる。

そのことを尋ねると、シルフィードは『あなたを中心とした幻術だから』というよくわからない理由を説明してくれた。

幻術だなんて信じられない。ここでの日々は、本物だと錯覚してしまいそうで。

でも、自分がケインとして父の前などで口調を変えていると、嫌でも幻術であることを思い出す。

ノインはただ、兄の幻影を追い求めているだけに過ぎなかった。

ただ、兄といた日々を取り戻したかっただけ。

しかし兄は存在しない。

だから兄となって、仮初《かりそめ》の日常を取り戻そうとした。

しかし、自分が兄になりきるのは不可能なのだと、ケインがつけていた日記帳を見て思い知らされる。

日記帳に示されていた、予想外の事実。

一つ目は、父である国王が、民から多額の税を取っていたということ。

貧しい民は飢え死にするか、国外に出ていくしか方法がなく、反乱が起こったのも致し方ないと思われた。

二つ目は、ケインが姉のルイスをひどく嫌っていた……のは見せかけであったということ。

実は、ケインのそばにいるルイスは同年代の若きメイド達や、先輩の召使い達に目を付けられていた。

きっとケインが彼女に優しくすれば、メイドや召使い達はますますルイスを妬《ねた》み、嫌うであろう。

それを防ぐために、あえてケインはルイスに冷たく接していたらしい。

おかげで、ルイスを敵視していたメイド達は次第に同情的になり、味方になったそうだ。

それを知ったノインは、思わず誰にも知られないよう声を押し殺して泣いた。

いつもルイスにひどいことを言うケインに怒っていたけど、本当に怒られるべきは自分だったのだと。

己の無知、無力さに打ちひしがれた。

そして、何もできないまま数週間が経過しようとしていた。

コンコンコン

「……入り、ます」

カチャリとドアが開いて、少し怯えた表情のルイスが部屋に入ってきた。

今、ノインはケインである。気丈に接しなくてはならない。

「……用があるならさっさと済ませろ」

「はっ、はいっ」

ルイスはビクリと震えながらも、クローゼットから服を取り出して「洗ってきます」と小さく言った。

少し前なら、「ねえさま、また後でね」など声をかけられたが、今は無理だ。

パタンとドアが閉じると、ノインの瞳にじわりと涙が滲む。

「ごめん……ごめんね、ねえさま」

甘えられない苦しさを抱えながら、それを自分の前で何年も味わってきたケインのつらさを、今になって知った。

ああ。なんと知るのが遅かったことか。

もう王国は存在しないのに。

もう少しでこの国は消えてしまうのに。

「――みんなっ……ごめんねっ……」

せめて皆には、最期まで幸せに過ごしてほしいと願った。

いや、最期ならいっそのこと、ルイスに甘えてしまってもいいだろうか。

「……そんなの、できない。ケインがずっと苦しい思いをしてきたんだから！」

思い直して鏡の前に立つと、そこにいたのは頼りっきりだった兄。

だが、臆病な光を灯した瞳を見れば、すぐに自分だということがわかる。

シルフィードは、ここまでが自分の限界だと言っていた。

せめて幻想のルフィーネ王国を長続きさせようと、今はその方法を探して外を飛び回っていることだろう。

「……はぁ」

重いため息は、その場に溶けてすぐに消えた。

◆　◆　◆

「今、何と⁉」

「ルイスがどうやら天使を拾ってきたらしい。見に行くぞ」

玉座の間に呼ばれ、父が珍しく目を輝かせていると思えば、そんな冗談みたいな言葉を言われた。

天使などいるはずがないし、第一、シルフィードの言う通りならばこの幻想の王国に外部から誰かが入れるわけがない。

（とにかく……真実を見定めなきゃ）

「わかりました、父上」

頷いて、ノインは父の後に続く。

もしも本当に天使ならば――いや、天使でなかったとしても、巻き込むわけにはいかない。

この終焉《しゅうえん》を迎える国の結末に。

第九話　シルフィード、ごまかす

チャンスだ――そう思って、咄嗟にあのような行動に出てしまったことをシルフィードは深く反省していた。
そう、あれは数時間前のこと。

◆　◆　◆

シルフィードは、ルフィーネ王国の幻想が少しでも長続きする方法を必死で探し回っていた。

ケインとの約束があったし、何よりもノインの願いを叶える義務があったから。

そんな中、あちこちを飛び回るシルフィードがそれに遭遇したのは、本当に偶然だった。

ザブゥン……！


「ゲホッ、エホッ！」

「う……ぐ……！」

川で溺れている、四人の子供が目に入った。

あの川は確か、ウンディーネが住む場所。

放っておいても、すぐにウンディーネが鬱陶《うっとう》しがって川から追い出し、子供達は助かるだろう。

そう思ってその場を離れようとした瞬間。

『あなた達は……いらない……!!』

思わず振り向いた。普段は温厚なはずのウンディーネの、苛立《いらだ》った声。

ざぶん、と勢いよく川の水が渦巻き、四人のうち三人を波で溺れさせようとしている。

『……!!』

シルフィードは急いで手下のシルフ達に指示を出し、風を使って子供達を岸へ押し流した。

子供達は大きく咳き込み、戸惑ったように川を見つめている。

「え……？」

「あ、アレク君!!」

一人の少女が悲しげに叫ぶと、ウンディーネが顔を出す。その腕には、誰かが抱えられているようだ。

『……念のため、見に行きましょう』

シルフィードはウンディーネの追跡を始めた。

しばらく後を追って飛び続けていると、ふとウンディーネが動きを止める。

『……止まった？』

ウンディーネの腕から解放された者を、シルフィードは目を凝らして見る。

『……‼』

息が、止まりそうになった。

動悸《どうき》が激しくなり、小さく開く口からは、ハッハッと短い吐息が漏れる。

まさか。いや、見間違いではない。

そこに、紫髪の少年がいた。

『……なんで』

紫髪、といえば、天使の象徴である。そんな稀有《けう》な存在を、なぜ、なぜ、ウンディーネが。

『……ぁ』

掠《かす》れた声が、喉から出た。

ウンディーネはシルフィードに一度も見せたことのないような表情で紫髪の少年に微笑みかけ、トプン、と音を立てて少年とともに水の中に消えた。

ふとシルフィードは思った。

天使には、絶大な力があると聞く。その魔力には、何かの効力が秘められているはず。それをルフィーネ王国中に張り巡らせれば、幻術が長続きするのではないか、と。

『……でも、ウンディーネが応じてくれるとは思えない』

ウンディーネは、独占欲の強い精霊だ。あの少年を絶対渡してはくれないだろう。

ならば、取るべき手段は一つ。

『……奪う？』


シルフィードは早速ウンディーネのもとへ向かった。

『……何をしに来たの、シルフィード』

鋭い声で威嚇《いかく》するようにウンディーネが問いかけた。

それを一瞥《いちべつ》して、シルフィードは呆れた様子で問い返す。

『あなたこそ、なに人間を溺れさせようとしてるの。いくら人間嫌いでも、あなたはわかっているはず。人間を殺せば、彼らの狂気はこちらへ向かってくることを。人間は醜いもの』

そう言うと、嘲笑《あざわら》うようにウンディーネは艶《あで》やかな唇から吐息を漏らした。

『……失望したわよ、シルフィード』

『何ですって？』

ピク、と眉をひそめるシルフィードに、ウンディーネは不愉快そうに言い放つ。

『あなた、人間と契約したそうじゃない』

『…………』

『人間は醜い？　それは充分わかってるわよ』

『なら……』

『だからこそ！　そんな醜い存在と契約をした……ただの人間と契約をしたあなたが許せないの』

ビュッと水の弾ける音を響かせ、ウンディーネは細い指を勢いよくシルフィードに向けた。

二人の睨み合いが続く。

しばらくして先に口を開いたのはシルフィードのほうだった。

『……あの子、どうするつもり？』

『決まってるじゃない。穢れを消して、私達と暮らせるようにするの。この子は天使でもあるし、子供みたいな存在でもある』

『ちょうだいって言ったら、怒る？』

『あげないわよ』

ウンディーネは顔をしかめてシルフィードを睨んだ。

だが、シルフィードには先ほどまでの覇気《はき》は感じられない。

『今日は、もういいわ……また来る』

『そう。安心しなさい。私はあなたが人間と契約したことを広めるつもりはないわ』

『………』

シルフィードは、いったんその場を去ることを決めた。

穢れというのは、人間の世界で過ごした記憶のことであろうか。

まあ何となく頷ける。あの少年は、精霊の希望となる存在だ。

しかし、今、シルフィードの中での第一優先はルフィーネだ。

記憶を消せるのはウンディーネだけ。ならば、記憶を消してもらってから、奪えばいい。

◆　◆　◆

しかし、奪いに行った結果は失敗だった。

襲撃の最中、川にやってきた人間に連れ去られてしまったのだ。

もうルフィーネが存続できる時間は、あまり残っていない。気がつけば、所々に綻びが生じている。

「シルフィードッ!!」

『！』

地上から聞こえてきた怒鳴り声に驚き、思わず浮いている状態から、派手に尻餅をつきそうになった。

だが、声の主に無様な姿は晒せない。何とか体勢を整え、やっとのことで振り返った。

『……ノイン、ね』

名前を呼ばれた瞬間、「ケインだ！」と鋭く否定した。男装の王女が、真っ赤になった顔で怒鳴る。

「何であの子……ティファンがいるの!!」

『？　ティファンとは』

「あの紫髪の子供だよ!!」

『！』

どうやら、川で少年を連れ去った人間は、王国の者であったらしい。

嬉しい誤算だ。あの少年が幻術の中に入ることができたのは、きっとウンディーネの精霊術を浴びているからだろう。

事情を説明しようとした時、ケインが思いがけないことを口にした。

「早く逃がしてあげないと！　あの子が崩壊に巻き込まれちゃう！」

『……！』

どうやらケインは、他人をこの国の滅亡に巻き込みたくないらしい。

自分の国は、自分とともに散っていくべきだと思っている。

シルフィードは、そっと目を伏せた。今は何となくケインの目を直視できない。

『……しかし、ルフィーネ王国存続のために、ギリギリまで利用したほうがよいと思います』

「ダメ。今すぐ追い出して」

『残念ながら、本来契約者以外の人間の前に姿を現してはいけない私には無理です。崩壊が始まるまでに、あなたが追い出すというなら止めませんが』

そう言うと、悔しそうな表情でケインは叫んだ。

「すぐに追い出してみせる！」

『……どうぞお好きに』

シルフィードは、ケインとなったノインの決意に協力することはできない。

ただ、契約主の願いを叶えるために全力を尽くすのみだ。

天使の魔力を利用させてもらうために、シルフィードは少年のもとへ急いだ。

幕間　ティーガの独白

これは、ルフィーネに革命が起こる前の話。

ティーガ・カーターは、ルフィーネという小国で生まれた。

魔法の才があったため、城に出仕し王子の護衛を務めるよう言い渡されたのだが、彼は初めて王子と会った時、思わず息を呑んだ。

すべてを警戒するような、薄暗い金の瞳。

この国では金の瞳を持つ者は珍しく、国民からは綺麗だと褒めそやされていたが、ティーガには正直に言ってそうは思えなかった。

まるで憎悪を込めたような瞳。

そんな印象を抱いたことを決して口には出さなかったが、王子は見抜いていたらしい。

普段、ティーガと言葉を交わすことのない王子が、急に話しかけてきた時には本当に驚いた。

「お前、変なやつだな」

「……え」

「これまでの護衛は、金の目が綺麗だとか言って、適当に信頼を得ようとしてくる奴ばっかりだったのに」

「そう、なんですか」

「……でも、お前は別に護衛にいてもいいかなって思う」

噂によれば、王子はこれまで、何人も護衛を解雇していたらしい。護衛として一番長く続いているのは、ティーガであった。

こちらを見る王子の目は、何だか今までより明るいものに見える。

年相応に見えない達観した王子の信頼を、意図せずにティーガは得ることとなった。

◆　◆　◆

「ケイン王子。ケイン王子」

「……」

ある日、ケインがいつもの起床時間に起きてこなかった。

不思議に思ったティーガは部屋のドアをノックしたが、返事がない。

ドアに手をかけて、再び声をかける。

「入りますよ」

「……」

やはり返事がない。

この時ティーガは、返事をするまで部屋に入るなと何度も言われていたことをすっかり忘れていた。

ドアを開けると、見えたのはベットにうずくまる金髪の人物。

寝坊かと思い、ティーガは掛け布団をめくった。

「あえ?」

変な声が出た。

金髪が、二人。

「お、王子?」

王子が分裂してしまった、と思った。

軽くパニックになり、おろおろしていると、ケインがようやく目を覚ました。

聞けば、どうやらもう一人の金髪の人物は、ノインという存在を秘匿されている王女らしい。

絶対に口外しないようケインに言いつけられ、ティーガは驚きつつも頷いた。

ノインはひどく内気な少女で、なかなかティーガに気を許してくれなかったが、しばらくすると懐いてくれた。

　これをきっかけに、ティーガはノインの存在を知った。

◆　◆　◆

「ティーガさん」

「……ルイス様」

　名前を呼ばれ振り返ると、ルイスが立っていた。

　彼女はノイン付きの侍女で、ティーガがノインの存在を知ってからはよく会話をするようになった。

　ルイスは元々、国王と妾の間に生まれた子として城では有名で、母が死亡した時に、彼女の身分はただの侍女に落とされた。

　だが、ティーガは王族としてルイスを敬っている。そして同時に、彼女に想いを寄せていた。

「ノイン様を見ませんでしたか？」

「ケイン様を見ませんでしたか？」

　ピタリと二人の声が重なり、思わず笑ってしまった。

　きっとあの双子は、ケインの部屋にいるのだろう。

　よく勝手にケインがノインを自分の部屋に連れていってしまうのは、悩みの種であった。

「しょうがないですね……」

「では行きましょうか」

この想いが届かなくても、こんな平和な日々が続いていく。

そう、信じてやまなかったのに。

◆ ◆ ◆

「国王様。このままでは国民が飢え死にしてしまいます。どうか水と食料の独占をお止めください」

「……お前は儂《わし》に意見するのか」

進言するティーガを、国王は不愉快そうに一瞥した。

それでも負けじと、ティーガは必死で頼み込む。

「お願いします。今の状況が続けば、じきに国民が反乱を起こす恐れも……」

「もうよい。お前には失望した。この国を出ていくがいい」

突然の解雇命令だった。

ティーガは予想外の通告に呆然としていたが、国王の指示に逆らうわけにはいかず、やがて一礼してその場を去った。

「ティーガ！　この国を出ていくって本当なのか⁉」

「ケイン王子」

ティーガが身支度を終えて城を出ようとした時、ケインが慌てて追いかけてきた。

心配げにこちらを見つめ、そして意を決したように言う。

「父上め……待ってろ。僕が父上に何とか言ってくる」

「それには及びません。私は大丈夫ですよ」

「……っ。でもっ、お前がいなかったら僕の護衛は誰がやるんだよっ！　それにっ……」

ケインの叫びに、ティーガは切なげに笑った。

「すみません、ケイン王子。新しい護衛と仲良くしてください」

「……っ」

悔しそうに唇を噛むケインに、ティーガは優しく語りかける。

「私はこれから薬師として、ここから東にある森の山小屋で暮らします」

「あの小屋か？　あれ、ボロボロだったじゃないか」

「いいんです。それに、もうこの国では暮らせません」

そう言うと、ケインは目を伏せた。

国外追放となったティーガが、この場に留まることは許されない。

それはケインにだって充分理解できている。

だが、家臣の進言に聞く耳を持たないどころか、あまつさえ国外追放するとは。いくら何でも、やりすぎだ。

「ティーガ……僕がいつか、この国のあり方を変えてみせるから」

「待っています。たまには、街にこっそり薬を売りに来るつもりです。ですから……また会えたら、よろしくお願いします」

そう言い残して、ティーガはルフィーネを去った。

◆　◆　◆

ある日、ティーガは薬を売りに行こうと薬草を籠に入れ、山小屋から出た。

「……え」

誰かが、家の前で倒れていた。

その髪は、見覚えのある金色。

「ケイン王子っ!?」

「……ティー、ガ」

やはり、ルフィーネ王国の王子ケインだった。

ティーガは慌ててケインを抱き上げ、その状態を見る。全身傷だらけで出血がひどい。服もボロボロだ。

「……っ」

腹には矢が深々と刺さっており、抜けば出血多量で命を落とすだろう。

ケインはハハ、と力なく笑った。

「ざまあ、ないな……国で、革命が、起こったんだ」

「革命……!?」

「ああ。ルフィーネは、もう、終わりだ……城は、燃えた。食料庫も。革命を起こした国民も、可哀想な、ことだ」

「ま、まさか王子……ここまで、一人で？」

ティーガの山小屋は森の奥にあり、ルフィーネから歩けば一日はかかる。

だというのに、この状態で来たというのか。

「……がふっ」

ケインが血を吐き出し、ティーガの服が赤黒く染まる。

「まっ、待っててください……すぐに、手当を」

「もう、いい。もう……間に合わ、ない。それに、矢には、毒が……」

「こんな時に口答えしないでください！」

そう叫んで、ティーガは籠から薬草を取り出す。

ティーガは傷を癒す聖魔法を使えないため、薬草でどうにかするしかない。

しかし、ケインの傷を治せるほどの効力を持つ薬草はなく、ティーガになす術《すべ》はなかった。

「くそっ……何で、どうして！」

「いい。いいんだ……もう」

ティーガは奥歯をギリッと噛み、俯いた。

自分に腹が立ってしょうがない。

目の前にいるのに、触れられるのに。

こうして生きている温《ぬく》もりも伝わってくるのに！

「くぅ……ぐ、ああ」

「泣く、なよ。鬱陶しい、だろ……？」

ティーガの涙がケインの頬に落ちた。言葉とは裏腹に、ケインの表情は穏やかなままだ。

「それより……これを……」

「!?」

そう言ってティーガに差し出されたのは、ケインの愛剣だった。

戸惑うティーガに、ケインは掠《かす》れた声で言う。

「死んでも……僕は……その剣に、残る」

「っ、死ぬなんて!!」

「魂だけになっても……妹のために、残るさ」

「の、ノイン様は」

ふと思い出したのは、もう一人の金髪の王女。

ケインは「安心しろ」と笑った。

「アイツ、には、シルフィードが……」

「……」

シルフィード——この森に住む精霊だ。確か、ケインがかつて彼女を救ったと聞いたことがある。その精霊に妹のことを頼んだとは、どこまでも妹想いの兄だ。

「……へへ、ごめんな」

「ケイン王子？」

「お前、ルイスと、恋仲だった、だろ」

「……っ」

そう、ティーガの想いはルイスに通じ、二人は恋仲となっていた。

だが、国外追放となったティーガは、彼女に迷惑をかけるわけにはいかないと、何も言わずに出てきたのだ。

「いつから知って……？」

「……ごく最近だよ」

嘘だ。ケインがティーガを引き留めようとした日、何かを言いかけていた。きっとそれは、ルイスのことだったのだろう。

自分が城にいれば、ルイスもケインも守れたかもしれない。国王に土下座でもして、国に残らせてもらうべきだった。

そう後悔しても、もう遅い。

「……ティーガ」

「……はっ」

「頼む……もし……ノインが危険な目に遭ったら……アイツを、助けて、あげて」

「この命にかえても」

涙でぐしゃぐしゃになった顔で、ティーガはそう誓った。

ケインは安心したように表情を緩める。

「……よか……た……」
ト、という音とともに、ケインの腕から力が抜けて地面に落ちる。
ケインはもう、一言も発することはなかった。

◆　◆　◆

ティーガはその後、ルフィーネの様子を見に行った。

追放されたとはいえ、自分の祖国だ。様子を知りたいし、ルイスもノインも心配だった。

疲れた足を引きずるようにして歩き、ようやくルフィーネへとたどり着いた。

「……あ、ああ」

――そこは、焼け野原だった。

「っ、ああああああああああああぁぁぁ!!」

思わずその場で崩れ落ちた。

燃えた。燃えてしまった。

ケインは死んだ。ノインはわからない。

恐らく国王も死に、多数の国民が命を落としただろう。

そして、その中には、きっと恋人の姿も。

そう思うと、脳裏に焼きついていたルイスの笑顔が浮かんだ。

何が恋仲だ。何が護衛だ。結局、何一つ護《まも》れなかった。

「あああああああああぁぁぁ!!」

それは一人の、無様《ぶざま》な男の末路だった。

第十話　ケイン、訴える

「……今語ったのが、僕の、王国のすべて」

ルフィーネ王国の城の一室で、ケインはこれまでの経緯と、今のルフィーネの状況を語り終えた。

「何ですって……？　ルフィーネが、幻想？」

学園長は信じられない、とばかりに首を横に振る。

しかし、話を聞いても、引っかかる部分がいくつかあった。

学園長はケイン——もとい、ノインへ訴えかける。

「私達は街で食べ物を食べたわ。とても美味しかった。それに、たくさんの人の笑顔も見た。これも全部幻想だって言うの？」

「残念ながらね。僕が望んだ結果とは程遠いけれど、ここはルフィーネだ。この地に生まれたからには、ここで消えるべき運命なんだよ」

外の様子を眺めていたノインは、悲しげに窓からそっと手を離した。

その瞬間、パリンッ！　と音を響かせて窓が割れ、硝子の破片が飛び散る。

キラキラと光る硝子は、煙のように形を変えて消失した。

「もうじきルフィーネは崩壊する……巻き込まれたくなかったら、早く逃げることだ」

「逃げるって、あなたはどうするのよ」

その問いかけに、答えはなかった。ただ静かに、穏やかにノインは笑う。

「さあ、早く」

「……っ」

決心はついている、ということなのだろう。ノインはここで死ぬつもりなのだ。

学園長は質問を重ねた。

「本当にいいの？　これからの人生をすべて投げ出すことになるのよ？」

「いいも何も、これが運命だから。もしかしたら、最初から決められていたことかもしれない」

「……私には、理解できない」

「できなくていいよ」

そう言うノインは、先ほどと同じようにただただ笑っていた。

学園長はどうすべきか迷い、ノインから視線を逸らす。

すると、とうとう消失し始めたドアの隙間から、一人の男性が走ってきた。

「ここか‼」

「あなたは……ティーガさん？」

そこに立っていたのは、アレク達の校外学習を担当しているティーガであった。

「ティーガ？」

ノインはティーガの登場に驚いて後ずさる。

国を追放され幻術の外にいるはずのティーガが、なぜ城にいるのか。

それももちろん気になったが、まさかティーガとこんな形で再会するとは思わなかった。

「お久しぶりです、ノイン様。あなたにお届け物です」

「届け物……？」

ティーガはその懐に抱いていたものを、ノインに見せるように差し出した。

「――それはっ！」

それを見た瞬間、ノインの目は驚きで見開かれた。

「水流の剣……？」

亡き兄の愛剣、『水流の剣』であった。

なぜティーガが持っているのか理解できず、ノインは「何で」と問いかける。

「……あまり時間がないから手短に」

水流の剣を力強く握り、ノインに説明した。

「これは……ケイン王子が、私に預けてくれたものです」

「ケインが……？」

ノインはその言葉に呆然とする。

ティーガはケインの最期を思い出しながらも、涙を堪えて続けた。

「実はケイン王子は、あの革命の日……王国から逃れていました」

「王国から⁉」

一瞬、ケインは幻想の外で生きているのではないかと希望を持ったノインだったが、すぐにその考えを打ち消す。

シルフィードによれば、亡くなった人間は幻想でも蘇らない。幻想のルフィーネ王国にケインがいないということは、つまりそういうことなのだろう。

「ケイン王子は残念ながらお亡くなりになりましたが……これを、あなたにと」

チャキ、という金属の擦れる音を響かせて、ティーガは剣を再びノインに差し出した。

「………」

ノインはしばらく黙ってそれを見つめていたが、ゴクリと唾を呑み込んで、それを手にした。

その瞬間。

ブワッ！

剣から光が溢れ出し、ある少年の姿を形作っていく。

ノインだけでなく、学園長、ティーガもその光景に驚き、息を呑んだ。

「「「！」」」

それを見て、ノインは涙を浮かべた。

「……ケイン、なの？」

「あれが……」

学園長が目にした、意志の強い目をした金髪の少年は、確かにノインにそっくりだった。

少年、ケインはノインに笑いかける。

『久しぶり、ノイン』

「あ……」

それは壁か何かで隔てられているかのように、くぐもった声だった。

しかし、もう一度兄の声を聞くことができたノインは、涙を溢れさせる。

『僕は死んでから、この剣に留まり続けた。お前に会いたかったから』

「ケイン……」

すると、ケインは表情をいっそう引き締め、ノインに言い放つ。

『ノイン、お前は逃げろ』

「！」

『お前は逃げて、生き延びるんだ』

ケインの視線に射貫かれ、ノインは一瞬言葉を失った。

「……でっ、でもっ、私も一緒に……」

『現実と向き合うんだ、ノイン‼』

「っ！」

叱責を受け、ビクッと体を震わせるノイン。

ケインは厳しく言葉を続ける。

『ルフィーネは革命によって終わった。終わったんだ！　もう誰もいない。食料も、ましてや水もないこの国だ。生き残った者は、この地を去った』

「こ、国民は？」

『大多数の者は死んだ。命懸けで王族に、この国に挑んだ結果だ。……ノイン。なぜ国民が反乱を起こしたか、わかるか？』

「う、あ」

たじろぐノインに、ケインははっきりと告げる。

『生きたかったからだ。幸せな未来を勝ち取るために、戦った』

「あ……」

『だが、結果はどうだ？　誰も幸せにならない。この国は滅んだんだから。他の国に行っても、受け入れてもらえるかどうか……』

それは、ノインが目を背けていた現実だ。そんなことはよくわかっている。

だからこそ、束の間の夢を見ることを選んだ。

『僕は生きたかった』

その言葉に、ノインは唇を噛み締めた。

ケインの言うことはわかる。

だけど、独りぼっちは嫌だ。誰もいない世界で生きていくなんて。

どうか連れていってほしい。

「一人はやだよ……連れていってよ……」

ノインの懇願に、首を横に振るケイン。

『ダメだ。僕の願い……姉さんの思いを、無駄にしないで』

「っ！　ケイン、今、姉さんって……」

フッと口元をほころばせ、ケインは涙を流し続けるノインに手を伸ばす。

魂のみとなった身では、愛しい妹に触れることは叶わない。

だが、想いを伝えることはできる。

『……どうか、生きてくれ。ノイン。僕は、ノインが大好きだよ……だから生きてほしいんだ』

「……っ、私だって!!」

これまでの思いをすべて吐き出すように、ノインは涙とともに叫んだ。

「ケインが私を思う何倍も何倍も、ケインのこと大好きだった!!　お兄ちゃんのこと、大好きだったんだよ!!」

『……じゃあ、僕の言うこと聞いてよね。……さあ、お別れだ』

光の粒子が、宙を舞い始めた。

少しずつ、ケインの体が薄れてゆくのを見て、ノインは声を上げる。

「あ……」

『絶対生きろよ。ノイン』

その光は優しくノインの頬を撫で、空気に溶けて消えた。


「……うう」

「…………」

剣を抱いてうずくまり、泣きじゃくるノインはまるで幼子《おさなご》のように見える。

そんな彼女の肩に手を置き、学園長はそっと囁いた。

「行きましょう。ケイン……あなたのお兄様のためにも」

すると、ノインは力なく振り返った。

「……そう、だね。行く。みんなの思い、無駄にはしたくない。……ケインにも怒られちゃった」

無理やり笑みを浮かべ、アレク達を押し込んだ階段に自分も滑り込む。

「さあ、早く！」

「……ええ。ティーガさんも」

「ああ」

こうして、学園長達は城を脱出した。

◆　◆　◆

「あ！　来た！」

階段の出口で待っていたアレクが、ノイン達の姿を確認して声を上げる。

ノインはアレクと目が合うなり、気まずそうに顔を逸らした。

「その、私は……」

「ティーガさんから聞いたよ。ケインは、ノインだったんだね」

まごまごしているノインの手を取って、アレクは笑った。

「心配しないで。僕はノインを、ちゃんと王国から連れ出すよ」

そのセリフと姿が、かつての兄と重なり、ノインから思わず笑みがこぼれる。

「期待してるわよ」

「急いで。国が、崩壊する」

学園長に声をかけられ、アレク達は走り出す。

その時、ライアンが何かを発見し、目を見開いた。

「あれ、ご飯を奢ってくれたおっちゃんだ！」

「え!?」

ユリーカが驚いてライアンの指さす方向を見る。

「……バジー」

そこには、緑髪の人相の悪そうな男性がいた。子供と手をつなぎ、アレク達の方へ向かって二人揃って頭を下げる。

『……ありがとな』

「！」

そんな声を聞いたような気がして、ガディとエルルは振り向いた。

しかし、緑髪の男性の姿はその場からかき消えている。

エルルが申し訳なさそうに俯き、すっと手を出した。

「エクスヒール」

治癒魔法だ。ぽう、と緑色の光が出現し、親子のいたところを覆った。

「約束、守れなくてごめんなさい……これくらいしかできないけど、許してね」

そう独り言を残し、再び駆け出す。

しばらく走ると、幻術の出口が見えてきた。

そこには、今にも消えそうに揺らぐ一人の人物が立っている。

「……ルイス!?」

「……ねえさま!?」

アレクとノインの声が重なった。

ティーガはルイスの姿を確認して、その足を止める。

ルイスはこちらに気づくと、ノインに向かって叫んだ。

『ケイン様!! 私は、知っていました。あなたがずっと守ってくれていたことを。でも、あなたは……本当は姫様ですよね？』

「！ だ、騙してててごめんなさ……」

『最後に一つだけ言わせてください！』

「？」

ルイスはすうっと息を吸い込み、ノインに笑いかけた。

『最期までおそばにお仕えできず、申し訳ございません!! 私、ルイスはっ……姫様と過ごせて、幸せでした!!』

「……っ」

涙と無念を堪えるように、ノインが唇を噛んだ。

ルイスはアレクに向き直ると、真剣な眼差しで見据える。

『……ティファン、どうか姫様を守ってあげて。とても臆病で、可愛い姫様なの』

ルイスの真摯《しんし》な想いが伝わってきた。じっと見つめ返し、力強く頷く。

「……約束する！」

アレクの言葉を聞いて、ルイスは安心したように笑った。

「……ルイス」

『ティーガ』

ティーガが、フラフラとルイスに歩み寄った。目の前まで来ると、ルイスは儚《はかな》げに微笑む。

『よかった……あなたが生きていてくれて、よかった』

「何でっ……俺はっ、お前を助けることができなかった……」

『いいの。もう、充分よ。あなたはよくやったわ……』

ルイスはティーガの目をじっと見つめて、小さく声を紡ぐ。

『こんな想い、亡者の執念として邪魔になるかもしれないけれど……私はいつまでも、あなたを愛しています』

ルイスのその目から、涙が溢れた。

頬を伝う涙は美しいしずくとなり、一つ、二つと落ちる。

「っ、ルイス!!」

堪らずティーガがルイスを抱きしめようと、手を伸ばす。

しかし、抱きしめたのは光の粒だけであった。

死者は、蘇りはしない。それを背負って、生きていかねばならない。

「……ありがとう……ありがとう!!」

嗚咽《おえつ》を漏らしながら、ティーガは前を見据え、幻術の出口に走り出す。

「……さよなら、ルフィーネ。私の故郷……」

崩れゆくルフィーネを振り返り、ノインはそう呟いた。

第十一話　ノイン、その後

駄目だったか。

崩壊するルフィーネを、シルフィードは無念な思いで見つめていた。

試しにあの紫髪の少年——ティファンから漏れ出る魔力を借りて、王国全体に張り巡らせてみたが、幻術の存続を長引かせることはできなかったようだ。

ウンディーネが草に光ゴケをつけて誘《おび》き寄せるという細工をするほど、あの少年を欲しがっていたので、少しは期待したのだが。

この幻術に入ることができたのは、黒髪の旅人と、アレクと、アレクの関係者達。

アレクや関係者達はウンディーネの術を浴びたから、この幻術に干渉することができた。

黒髪の旅人はノインと接触することで何か変化が起こるのではないか、と考えてシルフィードが幻術に入れたのだが、どうにもならなかった。

シルフィードは静かに目を細め、崩れゆくルフィーネを眺める。

ティーガを幻術に入れたのも、シルフィードの意思だ。

ノインにあのまま死んでほしくなかった。生きてほしかった。

その願いを叶えるためにティーガを侵入させたが、どうやら上手くいったようだ。

『……安らかに、ケイン』

自分の命の恩人に、その言葉は届かないであろう。

それでも、ひたすらに感謝を込めて呟いた。

◆　◆　◆

「ふぅ～、いろいろあったな～」

ライアンがため息をつくと、珍しくほとんど全員が同意して頷いた。

すると、ヴェゼルがぐぐっと伸びをして、独り言を呟く。

「俺はまた旅に出るよ。さてと、どこへ流れるかな……」

「あ、そういえば誰ですか、あなた!?」

アレクが気づいて叫ぶと、今さらか、とヴェゼルは呆れ顔になった。

「……改めて自己紹介だな。俺はヴェゼル・クーヴェル」

「ん？」

「え？」

ガディとエルルの戸惑いの声が重なった。

アレクはしばらく首を傾げ、ふと思いついて口に出す。

「クーヴェルって、師匠の名前と一緒だね！」

「な⁉　そいつは今、どこにいる！」

ヴェゼルの興味は一気にアレクへと向いた。

肩をつかまれたアレクは、一瞬戸惑うも笑顔で返す。

「ヴェ、ヴェゼルさんと一緒で旅してると思う。その辺をぶらぶらしてるかな！」

「そうか……そうか……！」

ずるり、とヴェゼルはその場に力なく崩れ落ち、頬を緩める。

ガディとエルルは訝しげな顔をしてヴェゼルを見つめた。

「それで……師匠とはどういう関係なんだよ」

するとヴェゼルが立ち上がり、すっと表情を引き締めた。

「聞いていいか。その師匠は……猫人族で、黒髪をしているか？　女だよな？」

「？　ああ。黒っていうか……闇色？」

「そうね。綺麗な色してたわね。それに、味音痴《おんち》」

苦笑してぼやくエルルに、「そうか……！」と嬉しそうにヴェゼルは笑った。

「君らの師匠、クーヴェルは……俺の大切な人だ」

「「大切な人ぉ？」」

ガディとエルルの声が見事ピタリと重なった。

「ああ」と頷き、ヴェゼルは説明を続ける。

「父さんは、クーヴェルの世話をしてた。俺はその子に会いたくて、旅をしていたんだ。素敵な人だろ？」

「素敵な人……うむ」

ガディが微妙な顔をするが、お構いなしに語り続ける。

「ずっと捜してたんだが……まさか、こんなところで情報が拾えるなんて」

「でも、どこにいるかわかんないんじゃ……」

アレクがそう言うと、ヴェゼルは迷わず首を横に振った。

「構わない。生きてるとわかったんだから……また捜す」

「お前は猫人族じゃないのに、何で師匠のことを知ってるんだ？」

ガディの言葉を聞いて、ヴェゼルは小さく苦笑いした。

「……俺の母は人間で、そのせいか、姿は人間のものになった。でも、一応猫人族の血は流れてるよ」

「へぇ……」

エルルは自らの師匠であるクーヴェルを思い出しつつ、ヴェゼルを重ねてみる。

確かに何となく似たような雰囲気が漂っている。

「じゃあ、俺は行く。またな」

「えっ、もう!?」

驚くエルルの隣で、ライアンが元気に手を振った。

「ありがとなー!」

「……感謝する」

ガディの感謝の声が届いたかどうかはわからないが、ヴェゼルは颯爽《さっそう》と森の奥に消えた。

すると、ティーガがノインに話しかける。

「ノイン様、あなたはケイン様の思いを引き継いで……女性として過ごしてください」

「そうね……わかった。ティーガ、ケインについていてくれてありがとう」

二人は握手をしっかりと交わした。

そしてティーガはくるりと振り返り、申し訳なさそうに学園長に謝る。

「すみません。校外学習、できませんでしたね」

「……構いませんよ。本人達にはいい経験になったでしょうし」

「何がいい経験だ」

不満げにガディがこぼすと、学園長はニヤリと笑った。

「あら、ちょっとは弟離れできたんじゃなくて?」

「何だと?」

「に、兄様」

アレクは喧嘩腰の兄を宥め、ティーガのほうを見た。

事情はよくわからないが、何だかティーガは嬉しそうだ。

アレク、ユリーカ、シオン、ライアンに向けて、ティーガはにこやかに言う。

「また遊びにでも来てくれ」

「……ありがとうございました」

「ティーガさんのご飯、すっごく美味しかったです」

「また来るぞ！」

ティーガはくすぐったそうに笑みをこぼし、「それでは」と言って、ヴェゼル同様森の中に消えていった。

「……あれ？　行方不明になっていたアレク・サルト君に皆さん！　どこに行っていたので⁉」

「あっ」

森の木々の間から、数人の警察官が姿を現した。

すっかり忘れていた――気まずそうな顔をする学園長に警察官が詰め寄る。

「あの後、皆さんまでいなくなってしまったので、捜索隊を増やしたのですが……まあ、見つかってよかったです」

「は、はは……」

「では、我々はいったん撤収します。ただ、事件報告書を作成しなければなりませんので、後日、学園へお話を伺いに参りますね」

そう言って警察官達は一礼し、踵《きびす》を返す。

警察官の女性が「集合ー！」と叫んでいるのが聞こえてきて、何となく気の毒な気持ちになりながら、アレクは肩をすくめた。

「っと、そうだそうだ」

「？」

学園長がノインに向き直り、にこやかに提案する。

「あなた、英雄学園に来ない？」

「え？」

ノインは突然の話に驚き、キョトンとした。

第十二話　アレク、後輩を迎える

少し長めの校外学習が終わり、冬を越した。

アレク達が英雄学園に戻った後、小国であるルフィーネ王国の滅亡は一時世間を賑わせたが、元々他国との繋がりがほぼない国だったため、すぐに話題に上ることはなくなった。

英雄学園は春を迎え、淡い色の桜が散り始めている。

ノインはルフィーネ王国脱出後にトリティカーナ王国に入り、諸手続きを済ませて英雄学園に中途入学した。

中等部のBクラスに入ったそうだが、アレクはあの後、ノインに会うことがなかったので状況はよくわからない。

それでも、元気にやっている、と学園長に聞いて安心した。

今日は年度始めの入学式。その後に続けて始業式がある。

アレクにとって初めての後輩が入ってくるため楽しみにしていたのだが、なぜか、寮の同室の先輩であるリリーナは、朝からげんなりとした顔で鏡の前に立っている。

同室で暮らす同じく先輩のティールも、何事かとギョッとしていた。

ティールが珍しく遠慮がちにリリーナに話しかける。

「あのさ、リリーナ……どうしたの？」

「ティール……今年が最後の学園生活よ……私達、卒業したらもう会えないかも」

「「あっ」」

ティールとアレクの声が重なった。

アレクは、だいぶ前に聞かせてもらった英雄学園の基礎知識を、記憶の奥から引っ張りだして呟く。

「ええと……確か、委員会引退、だったっけ？」

「ええ。卒業試験があるから、最上学年になったら委員会を引退するの。生徒会と風紀委員は別だけどね」

「え～、やだぁ！　委員会続くの⁉　めんどくさっ」

不満げにするティールに、リリーナが怒鳴った。

「ティール！　あなたは生徒会じゃなくて風紀委員じゃない！　私よりまだ楽よ！　ったく、何でこんなのが風紀委員長に」

「実力で勝ち取った地位よ！」

見事ドヤ顔を決めたティールをガン無視して、リリーナはため息をつく。

「これでもう、アレク君とはお別れか……」

「リリ姉！　大丈夫、あと一年あるんだよ！」

「そ、そうよね……一年、よろしく」

つい気分が落ち込んでしまったが、何も今日で最後になるわけではない。この一年を無駄にしてなるものか、とリリーナは気合いを入れ直した。

すると、ティールが明るい調子で声をかける。

「あ、リリーナ。今年卒業ってことは、もーちょっとしたら成人式だね」

「……あーっ！」

素《す》っ頓狂《とんきょう》な声を上げて、リリーナは慌てる。

「も、もう私達、成人っ⁉　早くない⁉」

「早いも何も、働き先見つけないとね」

「そうじゃん……はあぁ」

英雄学園を卒業する生徒は、最上学年になればそれぞれ自分で働き先を探さなければならない。自分の夢を叶えるため、将来を見据えた専門的な勉強を始めるのだ。

それもまた億劫《おっくう》に思い、リリーナは再び気落ちしそうになった。しかし、気を取り直して机の中を漁《あさ》って話題を変える。

「さて。今日入学する初等部の生徒は……おっ、アレク君、ティール。今年はなかなか優秀みたいよ？」

「え？」

「何、貸してよ」

ティールに急かされて、「はいはい」とリリーナは新入生のリストを手渡した。

生徒会長であるリリーナは、生徒達の状況を把握するのが仕事であるため、事前に学園長から渡されていたのだ。

しげしげとそれを見つめて、不思議そうな顔をするティール。

「優秀って……普通に貴族だし。平民が多いってわけじゃ……あ、この子可愛いー」

「あっ！　ティール姉、この子十一歳だよ！」

「え⁉」

よくよく紙を見ると、確かに「年齢　十一」と書いてあった。

目を丸くして呆気に取られた様子のティールに、リリーナは苦笑する。

「アレク君は十歳で入ったけど、この子も早めね。アレク君が入学してなかったら、最年少記録を塗り替えるのはこの子だったわ」

「すっ、すごっ……」

ティールが食い入るように新入生の資料を見つめた。

アレクはその新入生の顔写真を見る。

「この子の髪って、黒色……っぽいけど、何か違うね」

「そうね。ダークグレーとでも言うのかしら」

実はアレクはその顔写真に、密《ひそ》かに見惚《みと》れていた。

決して恋心などではない。だが、どこか強く惹《ひ》きつけられてしまう。

透き通るような真っ白な肌。真っ赤に熟《う》れた林檎みたいな色をした唇が魅力的だ。

腰元まで伸びるダークグレーの髪に、同じ色をした切れ長の瞳。

どこか、女性姿の学園長と似ている気がする。

この二人の共通点を上げれば、「妖艶」という言葉がしっくりくるだろうか。

「名前は……エリーゼ・ルシア」

「仲良くできるかな」

「大丈夫でしょ。十一歳で入学するほど優秀なら、多分Aクラスだと思うし。アレク君は中途入学だったから知らないだろうけど、初等部の一年生は、学園に早く慣れるために二年生のクラスとの交流会があるのよ。そのタイミングで会えるわ」

ティールがそう言って、「私達には関係ないけどね」と、退屈そうに欠伸《あくび》をする。

その子の写真をじっと見つめながら、アレクはふぅ、と息をついた。

◆　◆　◆

入学式と始業式にはまだ少し時間があったため、アレクは召喚獣を連れて学園の敷地内を散歩することにした。

澄んだ朝の空気は清々《すがすが》しく、中庭の木々も生き生きして見える。

久々にアレクに連れられて、嬉しそうにフェンリルのリルが伸びをした。

「久しぶりだな、外は。いつもあの部屋にいると退屈だ」

それに同意して聖霊のクリアが頷いた。

「そうよ。アレク、たまには連れ出してよね」

「わ……わかったよ」

リルとクリアの言葉に何も言い返すことができないアレク。

確かに、召喚獣達は暇そうだ。召喚獣が過ごす部屋には玩具《おもちゃ》や食べ物もあるが、毎日あそこにいてはやることがなくなるだろう。

授業で召喚獣と仲良くなるために触れ合う時間はあったが、あまり長い間一緒にいられるわけではない。

ユニコーンのサファが少し不思議そうにしながらアレクに聞いた。

『親さま……忙しーの？』

「えっ？　な、何で？」

『だって、ちょっと前まで全然来てくれなかった！』

プンスカと怒るサファを、アレクは慌てて宥める。

「そ、それは校外学習だったからだよ！　長めの……」

『ふぅん……へぇ～……』

疑わしいと言わんばかりの視線を向けるサファから、目を逸らすアレク。

サファが訝しむのも無理はない。アレク達以外は、校外学習をさっさと終えて学園に帰ってきていたのだから。

生徒達を混乱させないために、アレク達がルフィーネの騒動に巻き込まれていたことは伏せられ、「アレク達は遠い場所で校外学習を行っていたので、みんなより少し長めになった」と説明された。

それを疑問に思う生徒もいるにはいたが、学園からの正式な説明となれば、追及することはできない。

しかし、サファは不満そうに高い声でいななく。

『親さま！　ちゃんとこっちを見てよ！』

「あ、ははは……はは」

「何か、ごまかしている感じがする」

「そうね」

サファに加え、リルとクリアの注目を一気に集めてしまったアレクは、何とか話題を逸らしたい。

どうしたものか、と思ったその時、リルがスン、と湿《しめ》った鼻を鳴らした。

「誰か来るぞ」

「え？」

「あっ！　アレク！」

そう声をかけてきたのは、金髪に金の瞳の少女であった。おろしたての綺麗な制服だが、アレクより年上に見える。

腰まで伸びた長い髪は、綺麗な宝石のついたゴムでポニーテールにされていた。

この綺麗な少女にどこかで会っていれば印象に残っていそうなものだが、どうしてもアレクは思い出せない。困った顔をして、アレクは申し訳なく思いながら尋ねる。

「あの……ごめんなさい。どちら様ですか」

「ああ！　ごめんごめん。髪を伸ばしたから、わからないよね」

謝りながら胸に手を当て、ぺこりと一礼する少女。

「改めまして、ノイン・カナリス・ラヴ・トルン・ルフィーネです。学園では、ノイン・カナリスって名乗っているけどね」

「……えっ、ええええええ⁉」

アレクは思わず驚きの声を上げた。

キーンッと耳に響いたらしく、聴覚の鋭いリルが顔をしかめる。

「アレク……もう少し静かにしてくれるとありがたいのだが」

「えっ、ごめんっ」

「ま、驚くよね」

くるりとその場で一回転してアレクに微笑む可憐な少女が、つい最近まで男装していた王女と同一人物とは思えなかった。

アレクは口をパクパクさせながらノインに聞く。

「か……髪、どうしたの」

「？　言ったじゃない。伸ばしたって」

「……伸ばせるの？」

「うん。美容院行ったから。美容院って凄いよねー」

そんなものなのか。髪を染める魔法があるのだから、伸ばすこともできる……のか？

ポカンとするアレクをよそに、ノインはリル達に興味津々だ。

「この子達は？」

「え？　えっと……この子はフェンリルのリル」

「うむ、よろしく頼む」

「この子は氷の聖霊のクリア」

「……よろしく」

「最後に、ユニコーンのサファ」

『よろしくですー！』

「えっ⁉　何これ、頭に声が響いて……？」

ノインが不思議な感覚に眉根を寄せると、アレクは慌てて説明した。

「あっ、サファはまだ小さいから、念話しかできないんだ」

『えへへ』

少し照れくさそうにサファは前足のひづめを合わせて鳴らす。

すると、ノインが「そういえば……」とアレクに怪訝そうに聞いた。

「何で金髪に染めてるの？　目だって……せっかく綺麗な紫なのに」

「！　え、えーっと……紫色の髪と瞳だってバレたら目立つでしょ？　僕、目立ちたくないんだ」

「もったいない……」

「あ！　僕が紫の髪と目なの、黙っててね。同級生にも秘密にしてるんだ」

「……わかったよ」

ノインは少し不満げだったが、素直に了承してくれた。

「じゃあ、私はこれで」

「うん。また、始業式でね」

「ええ」

にこやかに手を振りながらノインはその場を去っていった。

その姿を見送り、ノインが校舎の角を曲がった辺りで、リルがアレクのほうを見る。

「恋人か？」

「ちっ、違う!!」

「じゃあ、何なのだ？」

「……えっと」

正直にノインのことを話せば、ルフィーネでの事件に巻き込まれたこともバレてしまう。そうなったら、大騒ぎどころではないだろう。

アレクは勘弁してほしい、と涙目になった。

◆◆◆

英雄学園の入学式と始業式は、体育館で行われる。在校生も入学式から出席するのだが、主役は新入生であるため、ほとんどの生徒にとっては退屈だ。

アレク達初等部の生徒は、整然と並べられたおびただしい数の椅子に座って、新入生が入学祝いを受け取っているのを見ていた。

ライアンがとうとう眠たくなったらしく、いつもよりは控えめな声でアレクに話しかける。

「なあ、アレク」

「……何？　今喋《しゃべ》っちゃダメなんじゃない？」

「だから静かに話してんだ」

「……どうしたの」

「この新入生達、実はお前より年上か、同い年だよな」

「……あ」

そこで初めて気がついた。

確かに、アレクは今年で十二歳になる。新入生のほとんどは同じ十二歳であり、先ほどリリーナに見せてもらったリストにいた少女は例外だ。

後輩が自分と同じ年齢だと考えると、何だか変な気分になる。

アレクはふと、あの十一歳の少女のことが気になった。

あれだけ目立つ容姿をしているのだから、捜せばすぐに見つかるはずだ。

「どこかな……？」

「おっ、なになに？　気になる子でも見つけたのか？」

「きっ、気になる子っ!?」

「！　シオン、静かに……」

アレク達が座っている男子生徒の列の後ろが、女子生徒の座る列だ。

偶然にもすぐ近くに座っていたシオンが、ライアンの言葉を聞いて思わず声を上げ、ボッと顔を赤くした。

アレクに恋心を抱いているシオンにとって、気になる子がいるというのは一大事だ。

隣に座るユリーカが、シオンにだけ聞こえるように耳打ちする。

「ほら、だから取られるって言ったでしょ」

「はうう……」

「早めに告《こく》っちゃわないと」

「む、無理だよぉ……」

ユリーカに迫られ、シオンは堪らず俯いた。

「どうしたシオン？　顔、真っ赤だぞ？」

「ひゃいっ！」

振り向いたライアンの言葉に飛び上がるシオン。

ユリーカが「このバカ……」と呟きながら、ライアンを見つめた。

その時、アレクの目に捜していた人物が飛び込んでくる。

「！　いた……あの子だ」

「どこだ？　どこ……って、あの子か」

ライアンは特に感想を言うことなく、じっと少女を見つめていた。

「美人ね」

「はわわわわわっ……」

写真通りの、ダークグレーの髪と瞳、透き通るような肌、熟れた林檎みたいな唇。

やはり妖艶な少女だ。飛び級で入学してきただけあって、独特の凄みがある子だな、とアレクは思った。

周りの生徒もその少女に気がついたらしく、珍しそうにジロジロと見始める。

生徒会長であるリリーナが、入学祝いを少女に手渡した。

次に少女は他の生徒同様に舞台に上がり、学園長から入学の証の書類を受け取る。

「……あの子が好きなのか？」

ライアンに聞かれて、アレクは静かに首を横に振った。

「ううん。ちょっと気になっただけ」

「……ほっ」

密かに息をついたシオンと平然と答えたアレクを、ユリーカは呆れた目で見る。

「何て恥ずかしがり屋と鈍感なのかしら」

「うう～～～」

「「？」」

シオンが呻《うめ》き声を上げるも、何が何だかわかっていないアレクとライアンは、揃って不思議そうな顔をした。

◆　◆　◆

入学式と始業式が無事終了し、リリーナは体育館裏で休憩を取っていた。

今日は授業はない。だから、この後は暇なのだ。

「アレク君とティールにでも、会いに行こうかしら……」

そう独り言を呟いて、寮に戻ろうと歩き出した、その時。

「あの」

「……！」

突然声をかけられ、驚いて振り向く。

そこには、飛び級で入学してきた話題の少女、エリーゼ・ルシアが立っていた。

「ああ、あなたは……確か、十一歳で英雄学園に入ったっていう、優秀な子。どうしたの？」

優しく笑いかけるリリーナに、エリーゼは笑い返した。

「先輩」

「は、はい！」

ニコリ、と美しい笑みを浮かべたエリーゼに、リリーナは同じ女性ながらも見惚れた。

大人びた雰囲気の子だな――そう思った、次の瞬間。

「……余計なことしないでくださいね」

「っ!!」

全身に怖気《おぞけ》が走り、リリーナは後ずさった。

優雅に微笑み、エリーゼは踵《きびす》を返して去っていく。

「何なの、今の」

リリーナの頬に冷や汗が垂れる。凄まじい殺気だった。

正体のわからない不気味さを感じ、リリーナは身震いした。

第十三話　アレク、出会う

アレク達初等部二年のAクラスは一年Aクラスと交流会をすることになり、体育館に残っていた。

交流会は全クラス同時に行うのではなく、A、B、C……と順に開催するらしい。

Aクラスの後にも待っている生徒がいるというのに、交流会開会の挨拶は非常に長かった。

「ね、眠い……」

「耐えろ、アレク。俺らが新入生の時も、これがキツかった」

初等部二年の代表として、現在ユリーカが壇上で話している。

学園長、担任、ユリーカと続いているのだが、話しているのが友達でも眠気を覚えてしまう。

アレクは眠気をごまかすために目を擦《こす》った。

「……し、シオン？」

「ぐぅ……」

で俯く。


「お、起きて～」

「ぱうっ⁉」

アレクに起こされ、シオンが変な声を上げた。周りから注目され、恥ずかしそうに真っ赤な顔で俯く。

ユリーカは生徒達が退屈そうにしていることに気づいたらしい。

「では、ここで終わります。どうぞ今日は交流会を楽しんでください」

話はまだ続く予定だったのだろうが、すぐに切り上げてくれた。

そのことをありがたく思いつつ、アレク達は席を立つ。

ここからは自由に動き、各自が気になる後輩や先輩に声をかけるのだ。

「こっちが先輩とはいえ、声をかけるのは勇気がいるよなぁ……」

そう思ってアレクが躊躇《ためら》っていた、その時。

「あの」

声をかけてきたのは、十一歳で入学してきたという少女だった。

近くで見れば見るほど綺麗な少女は、ニコリと笑みを浮かべる。

「あなたが去年、飛び級で最年少入学してきたという方ですか？」

「あっ、噂になってるの？」

「はい。十歳で入学なんて、史上初めてらしいですから」

後輩にも知られていて何となく恥ずかしい気持ちになりながらも、アレクは自己紹介した。

「僕はアレク！　アレク・サルト！　君と同い年だから、敬語はいらないよ」

「……じゃあ、アレクと呼ぶわ。私はエリーゼ・ルシア。よろしくね、アレク」

互いに自己紹介をした後、二人は学園のことや薬草の話などをして盛り上がった。

エリーゼとは興味を持つ対象や趣味が合い、話していてとても楽しい。

そんな時間はあっという間に過ぎ、アリーシャが交流会終了を告げる。

「これで交流会を終わります！　各自、教室に戻ってね！」

そう言われて、アレクはエリーゼとの話を切り上げることにした。

「じゃあね、エリーゼ。また会えたら話そう」

「うん。楽しかったよ。またね」

そして二人はそのまま別れた。

◆　◆　◆

次の日の朝、登校すると、教室でクラスメートが何やら騒いでいた。

心なしか、普段より人数が少ない気がする。アレクは不思議に思って、ライアンに話しかけた。

「おはよう、ライアン。あのさ、みんな、何を騒いでいるの？」

「！　アレク、大丈夫なのか？」

「何が？」

ライアンの質問の意味が全くわからない。

首を傾げると、ライアンがどことなくほっとした顔になった。そして時間が惜しいとばかりに、早口で事情を説明してくれる。

「何か、事件があったみたいなんだよ」

「事件？」

アレクの問いかけに「ああ」と頷くライアン。

「朝起きたら、数十人の生徒の首元に傷がついていて……動物か何かに噛まれた感じだったらしーぜ」

「ええっ!?」

「大丈夫も何も、ユリーカとシオンがやられちまったよ」

「えっ!?　だ、大丈夫なのかな……」

どうりで二人の姿が見えないわけだ。

ライアンは心配そうな顔で続ける。

「どうやらこの事件、魔力の高い奴らが狙われてるみたいでさ……」

「うわっ、そうなの？　それで僕に大丈夫か聞いたんだね」

ユリーカとシオンが狙われたのに、自分が無事というのも不思議な話だ。

(聞いた話によれば、僕は魔力が高いほうらしいのに)

本人は最近になって自覚したのだが、この学園で最も魔力量が多いのはアレクである。

ライアンがハッと思い出し、大声でアレクに告げた。

「そうだ！　お前の兄ちゃんと姉ちゃん、その事件の被害に遭ったたって！」

「ほっ、ほんと!?」

すると、二年Aクラスの教室に誰かが息切れしながら走ってやってきた。その生徒は、アレクの知っている人物だ。

「アトラス先輩!?」

アトラスは、ガディとエルルの同級生だ。二人が何か無茶をしそうな時に全力で止めてくれる常識人で、アレクは非常に助かっている。

そのアトラスがアレクを見つけて声をかけた。

「あ、アレク君！　ガディとエルルのお見舞いに今すぐっ、今すぐ来てくれないかっ!?」

今すぐ、と二回繰り返すアトラスからは、鬼気《きき》迫るものを感じる。

「早く医務室に行ってあげて！　凄まじい勢いで君を捜そうとしてるから！」

二人の容態《ようだい》が悪いわけではなく、暴走する危険があるから、ということらしい。

「そ、そうなんですか。じゃあ、行きます」

「俺も行くぞ！」

ライアンもアトラスの話を聞いていたようで、アレクに駆け寄った。

同じく医務室にいるシオンやユリーカのことが心配なのだろう。

「よし、すぐ行こう」

「兄様！　姉様！」

医務室に入ると、そこは事件の被害者で溢れ返っていた。

端のほうで、ガディとエルルが必死にベッドから起き上がろうとしているのが見える。

二人は同級生らしき女生徒に押さえつけられていた。

「あ、アレクの無事を確かめねば……っ」

「そうよ……マイナル、邪魔」

「ダメだよ！　絶対安静！　てか、二人ともっ、いつもの半分の力も出てないじゃん！」

マイナルが止めるも、二人はベッドから下りようともがき続ける。

アレクは慌てて駆け寄り、そこに割って入った。

「兄様！　姉様！」

「あ……アレク」

「よかった……無事だったのね」

二人は愛しい弟の姿を見た瞬間安心したらしく、へなへなと崩れ落ちた。

マイナルはほっとして床に座り込む。

「アトラス、遅いよ～」

「ごめん。でも連れてきただろ？」

「あ、あの……」

先ほどまで兄姉を押さえつけてくれていた女性の名前を、アレクは知らない。ガディとエルルが普段一緒にいる人、ということくらいしかわからなかった。

少し言いにくそうにしているアレクに気づいて、慌ててマイナルが自己紹介した。

「ああ！　私、マイナルっていうの！　よろしくね！」

「よろしくお願いします」

ぺこり、とアレクが頭を下げた瞬間に、ガディとエルルが唸った。

「ど、どうしたの？　というか、何があったの？」

アレクが聞くと、二人は低い声で答える。

「夜中……何かの気配を感じて起きたんだ。その時にはもう首元に傷がついてた」

「私達、そのまま寝ちゃって。シーツが汚れちゃったわ」

「そんな呑気《のんき》なのは二人だけだよ……」

アトラスがジト目でガディとエルルを見る。

発言だけ聞いていれば至って元気だが、実際には顔色が悪い。

すると、保健教師であるハンナが、ガディとエルルに何かを持ってきた。

「はーい、輸血の時間でーす」

「輸血？」

アレクが首を傾げると、「ええ」とハンナは頷いた。

「そう、輸血です。どうやら、血を抜かれちゃってるみたいなんですよ。みんな貧血になってて」

金の縁《ふち》をした眼鏡をぐい、と押し上げたハンナは、慣れた手つきで点滴の針をガディとエルルの腕に刺す。

「ぐ」

「う」

少しだが、二人は顔を歪めた。傷から来る痛みは平気なのだが、注射には慣れていない。

その時、一緒についてきたライアンが、アレクに向かって声をかけた。

「アレク！　ユリーカとシオン、いたぞ！」

「！」

アレクはライアンに駆け寄り、慌ててユリーカとシオンのもとへ向かった。

確かに、若干顔色の悪い二人がベッドで寝込んでいる。

ユリーカはアレク達に気がついたらしく、弱々しく掠《かす》れた声を出した。

「よかった……二人とも、無事だった……のね」

「ああ。俺は魔力がそんなに多いほうじゃないからな。でも、何でアレクは無事だったんだ？」

ライアンは腕を組んで唸り始めたが、アレクはとにかく、ユリーカとシオンが心配だった。

すると、横からハンナがひょいと現れる。

「確かに、そうですよね。この学園でダントツで魔力が高いのはアレク君ですよ」

その時、シオンも目をうっすらと開いた。

「あれ？　アレク……君」

「シオン。大丈夫？」

「……はぅ」

アレクの顔を見て恥ずかしくなってきたシオンが、アレクから顔を逸らす。

その様子に焦ったのはアレクだ。

「大丈夫シオン⁉　調子悪い⁉」

アレクは心配して声をかけるが、今のシオンには逆効果だ。

(寝顔を見られたなんて……は、恥ずかしいよ～……)

◆◆◆

その日、授業は事件に遭《あ》わなかった生徒達のみで行われた。Aクラスは魔力の高い者が多く、残っていたのは十人程度だ。

ぼんやりと教師の話を聞いているうちに授業は終わり、気づけば放課後になった。

「アレク君、いますか？」

「あっ。エリーゼ」

エリーゼが二年のクラスを訪ねてきた。丁寧語交じりなのは、他の生徒の目を気にしてだろうか。

エリーゼに駆け寄ると、彼女は安堵してほっと息をつく。

「無事だったのね」

「うん。よくわからないけど、僕は大丈夫だったよ」

「そう……」

エリーゼの声が、若干震えていることに気がついた。その美しい顔立ちは、今にも泣き出しそうに歪んでいる。

そんなエリーゼを見て心配に思い、アレクは声をかけた。

「あのさ、エリーゼ……怖いの？」

「うん、怖い」

即答だ。エリーゼは何度も頷いていたが、やがて気持ちが落ち着いたのか、ふと小さく口を開き、か細い声で囁く。

「アレク……お願い。このクラスで信用できる人を集めて」

「え？」

よくわからない。何がしたいのだろう。

しかしエリーゼの目は真剣だ。

「被害に遭ってなくて、信用できる人よ」

「で、でも僕、このクラスで被害に遭ってない友人なんて、ライアンぐらいしかいないよ？」

「……じゃあ、そのライアンって人だけでいいわ。早く」

「う、うん」

アレクは頷いてライアンを呼びに行った。


「さて、と。ここでいいかしら」

エリーゼに連れられて、アレクとライアンは今は倉庫となっている古びた教室の前にやってきた。

どうやって手に入れたのか、その教室の鍵をポケットから取り出すエリーゼ。

その後ろで、ライアンが不安げに言った。

「なあ、今から何すんだよ……こんなとこまで来て」

「さ、さあ……」

アレクも首を傾げるばかりだ。エリーゼが何をしたいのか、さっぱりつかめない。

ガチャリ、という鍵を開ける音が響いて、エリーゼが振り返る。

「開いたわ。さあ、入って」

「う、うん」

アレクとライアンは頷いて、古びた教室に入る。

「……ゲホッ⁉ ほ、埃《ほこり》くさっ⁉」

「クリーン！」

アレクの魔法で埃が吹き飛ばされ、それによってさらにむせるライアン。

「うえっ、げっほ！」

「だ、大丈夫？　ごめん、上手く制御できなくて」

ライアンは被害を受けたが、古ぼけた教室は見事綺麗に掃除された。

エリーゼは床に座り込み、真剣な顔をしてアレク達を見る。

「私……疑ってるの」

「「へ？」」

アレクとライアンの戸惑いの声が重なる。

エリーゼに目線で座るように促され、それに従いアレクは座ったが、ライアンはまだ少し残っている埃に顔をしかめた。

「どうしたの？」

「……いや、何でも」

言葉ではそう言いつつも、ライアンはしぶしぶといった様子で腰を下ろした。

エリーゼは三人で輪になったことを確認して、声を潜めて続ける。

「私……この学園に、吸血鬼がいると思うのよ」

「「吸血鬼ぃ？」」

「そう。ヴァンパイアってとこかしら」

ヴァンパイア、と言われて、アレクの頭には男性が女性の血を吸う映像が思い浮かんだ。

しかし、そんなものがいると言われても、すぐには信じられない。

そもそもヴァンパイアの存在自体が疑わしいのだ。

しかしライアンはエリーゼに気を遣ったらしく、戸惑いつつも尋ねる。

「その……ヴァンパイアって、ほんとにいるのか？」

「確かに。僕、本の中でしか見たことないよ」

アレクがライアンに同意すると、エリーゼは不機嫌そうな顔をした。

「……いるわよ。だって、被害者達の首元の傷、見た？」

そう言われて思い返すと、ガディとエルルにも、ユリーカにも、シオンにも、まるで動物の鋭い牙によってつけられたような傷があった。

「……見た」

「そう！　オマケに貧血！　これって不気味だと思わない？」

声を大にして言うエリーゼに、アレクは戸惑いで目を瞬かせる。

「まあ、怖いっちゃ怖いけど……」

だからと言って、吸血鬼だと断定できるのだろうか。

しかしエリーゼは確信を持っているらしく、どんどん話を進めていく。

「私が怪しいって思うのは、この三人。まず、フェイ・カインズ」

「「誰？」」

「中等部の人よ」

「てか、入学したばかりなのによく生徒のことを知ってるね……」

感心するアレクに、「まあね」と自慢げに微笑むエリーゼ。

それがお世辞なしに綺麗に見えて、「残念美人って、このことだろうな」とアレクは思った。

「次に、リリーナ・オルフィス」

アレクは思わずその場から立ち上がった。

「リリ姉がっ⁉　そんなわけないよ！」

声を荒らげるアレクを宥めるように、エリーゼは冷静に続ける。

「あくまで予想よ、予想」

念押しして繰り返すエリーゼの言葉に落ち着きを取り戻し、アレクは床に座り直した。

「最後に。マルグリッタ・レッドフィーン」

「「誰？」」

「……高等部の人。アレクのお兄さんとお姉さんと、同い年よ」

そう言われて、アレクは不思議に思う。

「え？　でも兄様と姉様、中等部じゃ……あっ！　今年から高等部だ！」

確かに兄姉は今年、十七歳になる。中途入学だったからうっかりしていた。

エリーゼは声を鋭くして、アレクとライアンに言い聞かせた。

「とにかく、怪しいの。よく注意して」

「で、でも、俺は今の三人、みんな知らないぞ？」

「写真、渡すから」

「……？」

あまりにエリーゼが真剣で、アレクはますます疑問に思う。

（何でそんなに警戒するんだろ。そもそもヴァンパイアなんて……本当にいるの？）

半信半疑の状態で、アレクはライアンとともにエリーゼから写真を受け取った。

第十四話　アレク、警戒する

エリーゼから写真を貰った、次の日。

アレクは朝、寮で登校の支度をしているリリーナを見ながら昨日の話を思い出す。

（リリ姉が……吸血鬼……）

そんなのデタラメだと思いたいが、エリーゼの真剣さがやけに頭に焼きついている。

見られていることに気づいたリリーナが、アレクに声をかけた。

「どうしたの？　アレク君」

「！　ご、ごめん！　何でもないよ」

「そっか」と返して、リリーナは忙しそうに洗面所に走っていった。

ティールは今日、風紀委員長としての仕事があるらしく、先に出ている。

リリーナも生徒会長として忙しそうだ。

（やっぱり……リリ姉はリリ姉だよね。どこもおかしいところなんてないし。エリーゼは、どうし

てリリ姉が怪しいって思ったんだろう）

「何であそこまで、断言できるのかな……」

「……アレク君？」

「何でもないよ！」

アレクは不器用にはにかんでごまかした。

リリーナはアレクのおかしな様子に戸惑いながらも、気に留める時間がないらしくバッグに手をかける。

「じゃあ、行ってくるわね」

「行ってらっしゃい！」

パタンとドアを閉めて、リリーナは寮部屋から出ていった。

その背中を見送った後、アレクはため息をつく。

「……疑うなんて、無理だよ」

確かにアレクは、ガディとエルルも、ユリーカも、シオンも助けたい。この事件の原因を知りたいと思っている。

だが、命の恩人であるリリーナを疑うなど、無理なことだった。

今日は、昨日に引き続き事件の被害者が出たため、授業は休みだ。

それほど被害が広がっているというのに、風紀委員長のティールや生徒会長のリリーナは生徒達の身の安全のために仕事をしに行っている。

今頃学園中の教師が、この事件の真相を探っているのだろう。

その時。

コンコンコンッ

「？」

静まり返った部屋に、ノックの音が響いた。ドアを開けると、エリーゼとライアンが立っている。

「あ、おはよう。早いね」

「まあな！　早くこの事件を解決したいし！」

声は大きいながらも、ライアンにしては珍しく昨日から不安げな顔をしている。

すると、エリーゼが元気づけるように笑顔で言った。

「今から事件の調査をしようと思うの！　ついてきてくれる？」

「……いいけど、先生に怒られるんじゃないの？」

授業がない、ということは、外に出るなという暗黙のルールがある気がした。

しかしエリーゼは気にしていない。

「大丈夫よ！　見つからなければいいだけ」

「よし！　行くぞー！」

二人の勢いに押され、アレクは小さく頷いた。

◆　◆　◆

「まさか、フェイ・カインズとマルグリッタ・レッドフィーンがやられてるなんて……」

エリーゼは渋い顔をして唸った。

容疑者として名前が挙がっていた二人が、事件の被害者となってしまったのだ。

エリーゼは肩を落としてため息をつき、懐から写真を取り出す。

「あとはリリーナ・オルフィスだけか……」

「リリ姉は違うよ!!　ねえ、もうやめよう?」

アレクがそう言うが、「いいえ」とエリーゼは首を横に振る。

「吸血鬼でも偉い人のほうが身を隠しやすい気がするし。こうなったら、確かめに行きましょ」

「確かめにって……どうするんだ?」

ライアンが怪訝そうに質問すると、エリーゼは見事な速さでライアンの鼻先に人差し指を突きつける。

「生徒会室に行くのよ!」

その言葉に思わずアレクが叫んだ。

「いくら何でも駄目だよっ!　邪魔になるし、怒られるよ!」

「ちょっと覗くだけよ」

エリーゼは全く気にしていないようだが、アレクの不安は拭いきれない。

本当にやめてほしい――そう思ったアレクは、説得の対象をエリーゼからライアンに切り替える。

「吸血鬼を調べるっていっても、これはやりすぎ！　今すぐ戻るべき！」

「う、うーん……そーだなぁ」

アレクが必死に訴えたからか、ライアンは唸り出す。どうやら上手くいきそうだ。

しかし、エリーゼは首を横に振った。

「私は行くわ」

「「えええええっ!?」」

エリーゼの言葉に、驚きの声を上げる二人。

すると、何か憎いものを見るような目で、エリーゼは吐き捨てた。

「納得いかないわ。絶対に」

「「…………」」

アレクとライアンはその言葉に呆然とした。

どうしてそこまでする必要があるのか。何が彼女をそこまで駆り立てるのだろう。

そう考えているうちに、エリーゼは一人で歩き出した。

「とりあえず、私は行くから」

「ぼっ、僕も行くよ！」

エリーゼをそのままにはできず、アレクが続く。

「えっ⁉　じゃあ俺も……」

ライアンも慌てて、二人の後を追った。

◆　◆　◆

「……会長。大丈夫ですか？」

「えっ⁉　あ……大丈夫よ」

生徒会室に集まっているメンバーの一人に声をかけられ、リリーナは書類を整理する手を止めて返事をする。

ここ最近仕事が増えたせいか、少し疲れが溜まっているようだ。

リリーナは机の前からくるりと体の向きを変えて、未だに輸血の点滴をつけたままのガディとエルルに声をかける。

「医務室に戻っていいのよ？」

しかし二人は間髪を容《い》れずに答えた。

「平気だ。それに、医務室に人が入りきらない」

「そうよ。この輸血だってもういらないわ」

輸血のチューブが邪魔らしく、エルルは腕に刺さったそれを見て嫌そうな顔をする。

しかし、リリーナはその言葉を否定した。

「まだ駄目よ。魔力の高い人ほど、大量に血を抜かれてるんだから」

「……俺らより魔力の高い奴なんて、いくらでもいる」

ガディが低い声でそう返したのを聞いて、生徒会のメンバーは思わず目を剥《む》いた。

二人に敵《かな》う魔力量の持ち主など、この学園内にはそれこそアレクぐらいしかいないというのに。

「そんなわけないでしょ？　あなた達、謙遜《けんそん》しすぎよ」

「……フッ」

鼻で笑われた。

後輩の無礼な態度にイラッとしたが、どうにかリリーナはぎこちない笑顔を貼りつける。

相変わらず、ガディとエルルとは馬が合わない。

リリーナは頭《かぶり》を振り、無心になって作業を続行した。

◆　◆　◆

生徒会室の扉を少し開け、隙間から様子をこっそり窺う生徒が三人。

アレクは小さな声でエリーゼに言う。

「ほら、どこもおかしくないでしょ？　リリ姉はちょっと怒ってるけど……」

「まだ監視を続けるわ」

「監視って……」

いい加減面倒くさくなってきたのか、ライアンはげんなりとした表情をした。

そんなライアンに、エリーゼは声を強くして、アレク共々言い聞かせる。

「何かあるはずよ。ほらっ」

視線を生徒会室に戻してみれば、ガディとエルルの横柄な態度に耐えきれなくなったのか、リリーナが軽く二人に殴りかかった。それをひょいと慣れた様子で躱《かわ》す双子。

同じようなことは、これまで何度もあったのだろう。その様子を見て、アレクは冷や汗をかく。

「あわわ……兄様と姉様、大丈夫なのかな？」

しかし、吸血鬼とは全く関係がなさそうだ。

エリーゼはどこか焦ったように、制服のスカートを握りしめた。

◆　◆　◆

生徒会メンバーは終わりの見えない仕事にぐったりとしていた。

リリーナはメンバーを纏めるため、あえて大きな声を出す。

「とにかく！　今私達ができるのは、仕事を進めること！　それと情報収集！　だから……協力しなさい、被害者」

「はいはい」

リリーナにキッと睨まれ、ガディとエルルは雑に返事をする。

その態度にイラつきながらも、殴りかかっても無駄なので、心を鎮《しず》めて質問した。

「噛まれたところに痛みはある？」

「……大してない」

「むしろ痒《かゆ》い」

リリーナの問いかけに、二人はぶっきらぼうに答えた。

傷自体は、そこまで深刻ではないらしい。問題は貧血の状態だろう。

ガディは自分の首元の傷に手を触れながら呟いた。

「毒か何かが入ってるわけでもないし、これは単なる小動物か魔物の仕業《しわざ》かもな」

「会長……このままでは犠牲者が増え続ける一方、ですね」

生徒会メンバーが、不安そうな顔をしてリリーナを見る。

リリーナはしばらく黙り込んだ後、苦し紛れに案を出した。

「ま、魔物駆除用のスプレーを常備する、とか」

「はーい」

適当な返事をして、エルルが懐からスプレーを取り出した。

それを見て、ギョッとするリリーナ。

「あなた……いつも持ってるの？」

「たまたまよ。それに、自分用じゃない」

「じゃあ、誰のためなの」

「アレクのため」

「…………」

「護身用スプレーの余りよ」

扉の隙間からこっそり聞いていたアレクは、ふと婚約者であるシルファの誕生パーティーの時のことを思い出した。確かにあの時、ガディとエルルに「怪しい奴に会ったら即刻振りかけろ」と、真顔で護身用スプレーを渡された覚えがある。

まさか余りがあるなんて、と思ってもみなかった展開にアレクは困惑した。

すると、リリーナがこちらに向かって歩いてくる。

アレク達は慌てて生徒会室の扉から離れ、隣の教室に移動して身を潜めた。

「会長、どこへ？」

「ちょっと、疲れたの」

フラリ、とリリーナは生徒会室を出ていった。

残された生徒会メンバーは、その場に呆然と立ち尽くす。

何か気に障《さわ》ることをしてしまっただろうか、と話し合っているが、本当にリリーナは疲れているように見えた。

「エリーゼ。僕は部屋に戻るよ」

「えっ？」

「リリ姉は絶対、吸血鬼なんかじゃない。これ以上調べても意味がない」

「……んじゃ、俺もリタイアだ」

ライアンも退屈そうな顔をして立ち上がる。

「そう……じゃあ、また明日」

「うん、明日ね」

アレクはとりあえずそう返したが、エリーゼの様子が気になる。

先ほどまでのあの勢いはどこに消えたのか。

どこかしょんぼりとした様子で、エリーゼは去っていった。

◆　◆　◆

次の日の朝。

「キャアアアアアアッ!!」

「!?」

甲高い悲鳴によってアレクは叩き起こされた。

悲鳴は外から聞こえてきたようだ。アレクはベッドから跳ね起きて、外へ飛び出した。

悲鳴の上がった校舎裏へ走っていくと、人影が見えてきた。

たどり着いたアレクは、思わずその場の光景に息を呑む。

「……リリ姉」

そこには、口元に血をつけたリリーナが、青ざめて地面にぺたんと座り込んでいた。

そのリリーナの腕の中に、血の気の失せたティールがいる。

アレクに気づいたのか、リリーナがゆっくりと振り返った。目には大粒の涙が溜まっている。

「アレク、君……っ、どう、し。どうしよ……わ、私」

「リ、リリ姉！　急いでティール姉を医務室にっ」

焦りと不安によって早口でまくしたてるアレクに、震えながらも頷くリリーナ。

すると、ふと、足音が近づいてきた。

「な、何が起きたの？」

「エリーゼ!?」

現れたのはエリーゼだった。

リリーナとアレク、そして気を失っているティールを順に見て、エリーゼは恐怖に震える。

「や、やっぱり……あなた……きゅ、吸血鬼」

「違うよ！　エリーゼ！」

アレクの否定の叫びも聞かず、エリーゼは真紅の唇をわななかせ、首をゆっくりと左右に振る。

「何なの？　あなた……本当に、吸血鬼だったの？」

「ち、違……」

「違うよ！」

アレクが必死でそう言うのを見て、エリーゼは不愉快そうに顔を歪める。

「あなた、庇《かば》っているの？」

「エリーゼは誤解してるんだよ！　リリ姉が吸血鬼だなんて、そんな！」

その時、ティールの目がわずかに開いた。

「う……」

「ティール！」

ティールは震える腕をゆっくりと動かし、何かを指さそうとする。

その指先は、ピタリとエリーゼの前で止まった。

「あの子よ……犯人は!!」

「え？」

アレクが事態を呑み込めずにいると、エリーゼの雰囲気が一変した。

そしてしばらく俯いた後、ふう、と大きく息を吐く。

「……つまらんな」

フッと、エリーゼは微笑んだ。

先ほどまでの恐怖で怯えていた少女の姿はなく、どこか余裕すら感じられる。

「なぜお前には幻術が効かないのだ？」

「………」

その問いに答えることはできず、ティールはぐったりとしている。

アレクは顔をしかめて、「幻術?」と呟いた。

「ああ。お前は幻術の存在を知らないのか? だが、もう知る必要もない」

すると、エリーゼの外見が別のものに変わり始めた。

艶やかなダークグレーの髪は、漆黒に。

髪と同じダークグレーの優しげな瞳は、まるで滴《したた》る血のように真っ赤に。

エリーゼはクスリと笑い、妖艶な声を発する。

「この姿で会うのは初めてだな? 私は吸血鬼、エリザベス・ルシア・ヴァンパイア。高い魔力を求めてこの地に来た」

「エリーゼが、吸血鬼……?」

アレクの問いかけに「そう」と小さく答えるエリーゼ——改めエリザベスは、カツンと靴の音をわざとらしく立ててアレクに近づいた。

「お前は、ただの人間と違う気配がするな」

「気配……?」

すぐそばまで来たエリザベスがアレクの肩に軽く手を置くと、何かが流れ込んできた気がした。

アレクは思わずその手を払う。

エリザベスは特に気にする様子もなく、ただ冷静に言葉を紡いだ。

「ほう……紫の髪と瞳をしているのか」

「！　何で……」

「私の能力だ。触れた相手の生い立ちを読み取ることができる。そうだな……お前の本名は、アレク・ムーンオルト。両親と次兄に疎まれ、実家を追い出された者。だが、その身には強大な力が眠っている、というところか」

スラスラとまるで文章を読み上げるがごとく口にしたエリザベスに、アレクは呆気に取られる。

すると、地面に座り込んでいたリリーナが意を決したように立ち上がった。

「あなたは、何？　何が目的……なの？」

その言葉にハッとして、アレクはエリザベスに叫んだ。

「何でリリ姉を吸血鬼って言ったの⁉　もし、君が吸血鬼なら、リリ姉が吸血鬼じゃないってわかってたはず……」

「その理由は、これだ」

そう言った直後、エリザベスの漆黒の髪、真っ赤な瞳が、再びダークグレーとなった。

キョトン、として、エリザベスがその場に立ち尽くす。

「え？　私、今まで何をして……」

「え、エリザベス？」

「エリザベス……って、何？　私、エリーゼよ」

その言葉にアレクは絶句した。

まさか、とエリーゼの瞳をまじまじと見る。嘘をついているわけではなさそうだ。

次の瞬間、髪は再び漆黒に染まり、瞳は血のような赤に戻る。

ふう、と優雅に息をついて、自らのサラリとした髪を払うエリーゼ。

「こういうわけだ。私は、エリザベス。もう一人の私がエリーゼ」

「に、二重人格⁉」

アレクは驚きのあまり大声を上げた。

二重人格なんて本で読んだことがある程度で、直接見たのは初めてだ。同じ人物なのに全く異なる人柄を目にすると、何だか変な気分になる。

「もう一人の私は、私を……エリザベスを知らない。自分を人間だと思っているのだ」

「な、何で二重人格に？」

「それは、私が人間と吸血鬼との混血児だから」

「混血児？」

困惑しきったアレクに、「ああ」と頷くエリザベス。その顔は、若干不快そうだ。

「吸血鬼である私の母が、人間の男と恋をした。それで、生まれたのが私。もっとも、『エリザベス』という存在が発現したのは、わずか四年前だが」

頭がついていかない。アレクは何とか事態を把握しようと、確かめるように聞いた。

「つまり君は……エリーゼでもあって、エリザベスでもあるってこと？」

「そうだな。でも、今の私はエリザベスだ。お前に頼みがある」

「頼み？」

訝しげな顔をするアレクに、エリザベスは続けた。

「私が完全な吸血鬼になるには、たくさんの魔力がいる。だから、私に魔力を譲ってくれ」

エリザベスは楽しげに目を細める。

事の重大さを理解できていない、幼子を相手にしているような気分だ。

「君がみんなを襲ったの？」

「そうだ。まさかエリーゼが他の生徒を吸血鬼だと疑い始めるなんて、思ってもみなかったが」

その時、すぅっとエリザベスの瞳孔が細くなった。

「……エリーゼは、夢見る小娘だからな」

ひどく怒っているように見えた。

エリザベスという存在がわからない。

しかし、エリーゼを助けたい、という思いもあり、アレクはエリザベスの頼みに頷きかけた。

その時。

「……う」

じわり、とエリザベスの髪と瞳が、再びダークグレーに染まった。

「あれ……何があったの？」

突如、エリザベスは消えてしまったのである。

第十五話　リリーナ、狂気を感じる

状況を全く理解できていないエリーゼをひとまず寮に帰らせ、アレクはリリーナとともにティールの介抱をしていた。医務室は満杯だったので、仕方なく寮部屋での治療だ。

血はそこまで吸われていないのだが、精神的なダメージが大きかったようだ。確かに急に血を吸われれば、誰だって驚くだろう。

「リリ姉。どうしてこうなったか、説明できる？」

「……ええ。できるわ。聞いてちょうだい」

自分を落ち着かせるようにゆっくりと深呼吸してから、リリーナはぽつりぽつりと話し出した。

◆　◆　◆

それは、今日の早朝のことだった。

「ねー、リリーナァ」

「何よ」

「お腹すいたぁ」

寮部屋で不満そうに訴えるティールをちらりと見て、リリーナは洗面所に向かう。

「……ふぅん。棚でも漁れば？　何か入ってるわよ」

「そうじゃない！　ふぅんじゃなくって、食堂まで一緒についてきてよ！」

朝起きたばかりにもかかわらずうるさい友人に、リリーナは鬱陶しげに告げる。

「食堂なんてやってないってば。事件が解決するまで休みよ」

「えーっ⁉　そ、そんなぁ……」

落胆して肩を落とすティールを見て、少しいたたまれなくなったリリーナは別の案を出した。

「じゃあ、何か買いに行く？　売店ぐらいはやってるでしょう」

「いいの⁉」

ティールは嬉しそうにパアッと表情を輝かせる。

「今回だけよ」と釘を刺して、リリーナは立ち上がった。

「アレク君？　私達、朝ご飯買ってくるけど、アレク君も行く？」

「……スースー」

アレクはまだベッドで寝息を立てたままだ。

「よく寝てるし、お土産でも買ってきてあげましょ」

アレクの寝顔に癒やされたリリーナは、思わずふにゃりと笑った。

ぐぅ～とお腹の音を鳴らしたティールが「早く早く」と急かす。

「わかってる」と返事をして、アレクにめくれた毛布をかけ直して、靴を履いた。

事件が連日起きているため、慎重にドアを開けたが、そこには誰もいない。

普段とは違う静けさを居心地悪く感じつつ、リリーナとティールは部屋を出た。

ティールは呑気そうにケラケラと笑う。

「いやー、何か、すっごい緊張しちゃうよねー」

「ん、まぁね。なんだかんだ言って、怖いものは怖いし」

謎の事件の調査に明け暮れていたが、リリーナとティールの疑問は増える一方だ。

なぜ魔力の高い者ばかりが餌食《えじき》となっているのか。

なぜ魔力が高くとも、被害に遭っていない人がいるのか。

それに血を吸われている、というのが、最も不可解な点であった。

リリーナが小さな声で、ティールに話しかける。

「ねえ、ティール」

「何?」

「私達って、魔力高いほうよね?」

「まぁ、そーなんじゃない?」

適当に答えるティールに呆れながらも、「なら」と言葉を続ける。

「何で私達、無事なのかしら」

「……無事じゃないわよ」

「え?」

パチパチと、ティールの言葉に瞬きを繰り返すリリーナ。

ぐにゃり、とティールの顔が歪んで見えた。

「だって……今から血を取られちゃうんだから」

「ヒッ」

小さな呻き声が喉から漏れ出た。他の誰でもない親友のティールが、なぜか恐ろしく感じる。

ティールはこちらに手を伸ばして――

「惑わされないでっ！」

「え⁉」

ティールの声が、リリーナの後ろから耳をつんざいた。

目の前にいるティールの姿が変わり、一人の少女となる。

ティールに化けていた少女は、見覚えのある人物であった。

「あ、あなたは、エリーゼ・ルシア……なの？」

「数日ぶりですね。先輩」

ニコリと愛想よく微笑むエリーゼに、リリーナは寒気を覚えた。

エリーゼだと言い切れなかったのは、髪と瞳の色が普段と違ったからだ。

ダークグレーの髪は漆黒に、同じくダークグレーの瞳は真紅に染まっていた。

どうして髪と瞳の色が変わっているのかはわからない。だが、彼女はどこか、エリーゼとは別人のような気がした。

ティールが噛みつくようにエリーゼに叫ぶ。

「あなた、ここ最近の事件の犯人ね！」

「……ふん、勘のいいことだ」

感心したように呟くエリーゼに、リリーナは息を呑んだ。

エリーゼが、犯人。でも、どうしてこんなことを？

呆然とするリリーナの代わりに、ティールが詰問する。

「あなたは一体、何者なの!?」

「……それより、なぜお前には幻術が効かないのだ？」

「さあ、どうしてかしらね？」

真面目には答えず、ティールは挑発するように返す。

それは、リリーナとティールだけが知る答えだ。

約一年前、ガディ、エルル、アレクとともにギルドの仕事で暗闇の森に行った時、イリュージョントロルという幻術使いの魔物に惑わされてしまった。それを反省して、ティールは幻術破りの魔法を習得していたのだ。

眼光をさらに鋭くしてティールが睨みを利《き》かせると、エリーゼは少し愉快げに口角を上げた。

「その答えを聞くのは後、だな」

直後、エリーゼがティールの首元に噛みついた。

一瞬の出来事で、ティールは動けなかった。

「キャアアアアアアッ!!」

リリーナの悲鳴が、遠く遠く響く。

ドッというティールの倒れる音がして、エリーゼが口元の血を拭う。

その姿は、恐ろしくも妖艶であった。

怯えるリリーナに近づいて、エリーゼは囁く。

「お前には、利用価値がある。使わせてもらおう」

血のついたエリーゼの手が、リリーナの頬を撫でた。

べとりとした真っ赤な血がリリーナの口元に付着する。

ティールの血だ。それを理解した瞬間に、鼓動が一気に速まり、心音がけたたましくなる。

(人間、じゃない――!!)

気づけば、エリーゼはその場にいなかった。

リリーナは緊張で強《こわ》ばる体を引きずり、ティールの頭を抱える。

「ティー、ル?」

舌がもつれて上手く回らなかった。

何とかしないと――そう考えたその時、アレクが現れたのだ。

◆　◆　◆

「あの時は本当にパニックになっていて……ごめんなさい」

「ううん。いいんだよ、リリ姉。でも……」

アレクが気がかりなのは、エリーゼのことだ。

エリザベスを罰しようにも、今、表に出ている人格はエリーゼである。しかも、エリーゼはエリザベスのことを知らない。

「どうしよう」

「……ひとまず、学園長先生に相談しましょう」

「う、うん。それが一番だね」

二人はそう言って、眠り続けるティールの手を心配そうに握った。


学園長に相談すると、ひとまずエリーゼを表立って責めることはしないと決まった。

エリーゼが吸血鬼だった、などと言っても、そもそも吸血鬼は物語上の存在でしかないと思われているため、他の教師も生徒も信じられないだろう。

そのため、今回の事件は忍び込んだ魔物の仕業であったということにし、魔物はもう退治したし、毒もないので安心していいと、正式に学園内の生徒に知らせた。

さらには、エリザベスの人格が出てきた時に、学園長が別の魔力供給の方法を探すことを条件に、もうこのようなことは二度としないと約束させた。

これで、学園の事件は一件落着したように思える。

しかし、アレクにとっては一息つくどころではなかった。

「アレクー。遊びに来たー」

ひょこり、と二年Aクラスの教室に顔を出したエリザベスに、クラスメートが興味津々で駆け寄る。

「エリーゼちゃん、雰囲気変わったね」

「どうしたの？　イメチェン？」

「ええ。そんなところ」

エリザベスはそんな生徒達の質問に朗《ほが》らかに答える。

それは真っ赤な嘘であるが、カラーリングという魔法で髪と瞳の色を変えられるせいか、クラスメートはイメチェンという言葉を信じきっていた。

しかし、エリーゼと面識のあるライアンは、間違いなく何かが変わっていることに気づいている。

「なあ。何かコロコロ変わってないか？」

「うん。確か、一昨日はダークグレーだったよね」

アレクはエリザベスにどう接していいのかわからず、困惑を隠せない。

エリザベスという存在が姿を現してから、時にはエリーゼになったり、あるいはエリザベスになったり、と忙しそうな生活を送っているのだが、今日はエリザベスのようだ。

エリーゼの時は大人しいものの、エリザベスとなると、雰囲気がガラリと変わる。

しかし周りの人はそういうキャラだと思っていて、むしろ面白がっているみたいだ。

何とも言えない微妙な気持ちになるアレクのもとに、二人の生徒が近づいてきた。

「アレク君、おはよう！」

「二人して早いのね」

「あ、ユリーカにシオン。おはよー」

血を吸われた生徒達はすっかり回復し、ピンピンしている。二人の顔にも血色が戻ってきていた。

「アレクー！」

すると、エリザベスから声がかかった。

「おい、呼んでるぞ」

「わかってるって」

ライアンに急かされ、アレクはエリザベスのもとへ行った。

「おはよう、アレク」

「おはよう。で、何の用事？」

「血が貰いたくてな」

エリザベスがにっこりとした笑顔で、逃げようとするアレクの肩をつかむ。

「どこへ行く？」

「ちょっとそういうの受け付けてない」

「大事なことだぞ。私が吸血鬼だというのは、極わずかな者しか知らないからな」

襲うのではなく、生徒の了承を得れば問題ないということなのだろうか。

仕方ない、とアレクはくるりと向き直り、エリザベスに告げる。

「僕は血をあげることはできない」

「どうして？」

「血を吸わなきゃ死ぬ、ってわけじゃないでしょ？」

「……吸血鬼は、血を吸うことで力を蓄《たくわ》えるんだ」

「普通のご飯だって食べられるじゃん」

「……まあな」

その返答にアレクは「なら無理」と言って、戻ろうとした。

しかしエリザベスはなおもアレクを引き止める。

「お願いだ。もう一回言うぞ？　大事なことだ」

「……」

なぜこんなにも血を欲しがるのかはわからないが、エリザベスからは必死さが窺えた。

完全な吸血鬼になることが、そこまで重要なのだろうか。

ともあれ、これでまた騒ぎを起こされては困るので、アレクはしょうがない、と大きく息を吐く。

「リリ姉とティール姉」

「え？」

「この二人に謝るならいいよ。他の人にも謝ってほしいけど、エリザベスが吸血鬼だって知ってるのは、この二人だけだから」

「……わかった」

エリザベスはどこかしおれた表情で頷いた。

◆ ◆ ◆

放課後、アレクはエリザベスがリリーナ達に謝るのを見届けるために、エリザベスを教室に呼びに行った。

「エリザベ……」

しかし、教室にいたのはエリーゼのほうであった。

「あっ、アレク」

「……何で」

理由を考える暇もなく、エリーゼはアレクのもとへ駆け寄ってきた。

「アレクにお願いがあるの」

「何？」

「あの、リリーナって人に謝りたくって」

「え？」

エリーゼは言いづらそうにアレクに告げる。

「吸血鬼だって、疑っちゃったでしょ？　私、迷惑かけちゃったから」

「……うん。いいよ。ちなみにさ、ティール姉のことはわかる？」

「ティール……ねえ？」

エリーゼはこてん、と首を傾げた。

わからないらしい。困った。もう二人は呼んであるのに。

「……わ、わかった。ひとまず行こう」

「ありがとう」

仕方なく、アレクはエリーゼを連れてリリーナとティールのもとへ急いだ。


待ち合わせに指定した場所は、先日、エリーゼに連れてきてもらった古びた教室だ。少し埃臭いが、そこは我慢してもらおう。

アレク達が教室に入ろうとした時、偶然ライアンとユリーカ、シオンが通りがかった。

「あれ？　アレクに……エリーゼちゃん？」

「どうしたの？」

アレクが返答に困っていると、エリーゼが三人に事情を説明する。

「私、この前の事件のことを吸血鬼の仕業だって思い込んでて」

「吸血鬼？」

「あ～……」

ユリーカとシオンの声が重なった。ライアンは前に聞いていたので、そういえば、と思い出したようだ。

小さく頷いてエリーゼは続ける。

「でも、それは勘違いで、リリーナさんに迷惑かけちゃって。だから、今から謝ろうと」

「そっかー……アレク君は？」

「へっ？」

突然ユリーカに呼ばれて、ポカンとするアレク。シオンも何か言いたげな表情だ。

「ええっと、僕は付き添い……」

「なら」

ユリーカ達三人は、アレクの後ろに回った。

「私達も付き添っていいわよね？」

「えっ⁉」

驚きの声を上げたアレクに、シオンとライアンが「そうだそうだ」と言う。

「味方が多いほうが安心だろ？」

「せっかくできた後輩だし……大切にしたい」

ライアンとシオンは笑顔でそう言った。

「みんな……」

エリーゼは、先輩達の優しさに感動して目を潤《うる》ませる。

しかしアレクにとっては大変マズい。下手をすれば、エリーゼの秘密がバレるかもしれない。

(いや、いやいやいや……謝るだけだし、いいよね? 大丈夫だよねっ?)

アレクは心配になったが、ただ謝罪するだけなら変な話にはならないだろうと思い直した。

「じゃあ、行ってきます」

意を決して、エリーゼは教室に足を踏み入れる。

付き添いのアレク達は、扉を少し開けてその隙間から見守っていた。

室内の中央には、リリーナとティールが立っている。

「あの……」

緊張で声が掠《かす》れる。それを振り払うように、エリーゼは思い切り頭を下げた。

「リリーナさんを吸血鬼だって疑ってごめんなさい! いろいろなことの邪魔になっちゃって……」

精一杯、謝罪の気持ちを込めてそう言った。

しばらくして顔を上げると、二人はポカンとした表情をしている。

なぜこんな顔をするんだろう、とエリーゼが不思議に思っていると、ティールがポツリと呟いた。

「……どういうこと?」

「え?」

リリーナがそれに続く。

「あなたはエリザベスよね? 髪の色とか目の色は違うけど……吸血鬼はあなたなんだし、私を疑うことはないんじゃないの？」
（言っちゃったーーー!!）
アレクはそれを見守りながら、思わず心の中で叫んだ。

第十六話　エリーゼ、重なる

エリザベス、吸血鬼――理解できない単語が、頭の中をぐるぐると目まぐるしく回る。
（え……？　ち、がう、私は吸血鬼なんか、じゃ……？）
ひどい頭痛がした。エリーゼは頭を押さえ、後ろによろめく。
「ちょ……あなた、大丈夫？」
リリーナが心配してくれているが、それどころではない。
ズキンズキンと頭が痛む。何かが、急速にエリーゼの頭の中を駆け抜けた。
（これが……私？）
その記憶の中の自分は、人の血を啜《すす》っていた。紛れもない、吸血鬼の姿だ。
『やっと、気づいてくれたのか』
「！」
自分と瓜二つの、艶《なま》めかしい声が聞こえた。

「あなたは……誰？」

『私？　私はエリザベス。エリザベス・ルシア・ヴァンパイア』

ドクドクと、やたらうるさい心臓の鼓動が響く。

自分じゃない、自分なのかはわからない存在。

ふと目の前が真っ暗になって、血のような瞳が、暗闇の中で嘲笑っている映像がチラついた。

『さあ、思い出せ。私は、お前。これはすべて、お前である私が行ったことだ――』

「……っ！　嘘だっ‼」

「ど、どうしたの？」

「何かマズくない……？」

リリーナとティールの声が、遠くで聞こえた。

でも、それにはもう答えられなくて。

記憶はまだまだ、流れ込んでくる。

◆◆◆

「……ここは」

生まれた場所は、小さな森の中だった。

黄色の蝶《ちょう》が飛ぶ光景を呆然と見つめ、彼女は周囲を見回す。

「私は……だれ?」

「え、エリーゼ?」

ふと、誰かの声が聞こえた。振り返れば、美しい女性が立っている。

女性の髪は夜の闇を思わせる漆黒で、真紅の瞳は血潮を連想させた。

この人が母だ、となぜかわかった。

自分は「エリーゼ」と呼ばれたようだが、そんな名は知らない。

「違う、私はエリーゼではない。……ここはどこだ?」

「嘘……あなた、その瞳」

母がそっと手を顔に添えると、戸惑いを隠せない自分の姿が、母の目に映り込む。

母は震える声で続けた。

「エリーゼの瞳は、ダークグレーだったはず。あなた、本当にエリーゼ?」

「違うと言っているだろう? 母よ」

そう返すと、「ああ……」とよろめきながら、こちらの胸元に顔をうずめる母。

「そう……とうとう来てしまったのね。ついに、あなたが生まれてしまった……」

「確かに、私という人格を意識したのは、たった今だ。エリーゼとは、もう一人の私のことか?」

なぜかそんな言葉がすらすらと出てきた。

自分ではない自分がいることに、何の違和感も覚えなかった。

案の定、母はゆっくりと頷く。

「ええ……あなたの名前はエリーゼ・ルシア。……いいえ、もう一人のあなたの名前ね」

「では、私の名は？」

「……エリザベス・ルシア・ヴァンパイア。ヴァンパイア一族の娘、よ」

母は、何か覚悟を決めたらしい。

キッと鋭い目を空に向け、先ほどとは違う、しっかりとした声で言った。

「エリザベス、いったん部屋に入りましょう。そして、話をしましょう」

「……ああ」

エリザベスは、そう返事をした。


家の中に入ると、心地よい木の匂いが鼻をくすぐった。

どうやら自分はこの匂いが好きらしい。エリザベスは、すん、と鼻を鳴らす。

「さあ、座って。あなたの好きな紅茶を淹《い》れるから」

「ありがとう」

木製の椅子に座ると、エリザベスはテーブルの上に写真があるのを見つけた。

母と、エリーゼの写真。随分と昔の写真であることはエリーゼの幼い姿でわかるのだが、なぜか母の姿は今と全く同じだ。

すると、母がティーカップを慣れた手つきでエリザベスの前に置いた。

「はい、これ飲んで」

「……」

ズズ、と紅茶を啜る音が響いた。母が向かい合って椅子に座る。

「私の名前は……ソニア・ルシール・ヴァンパイア。あなたの母であり、吸血鬼でもあるわ」

「……吸血鬼というのは、不老不死なのか？」

突然そんな質問をされ、驚いて母――ソニアが目を見開く。

エリザベスの視線が写真に注がれていることに気づいて、「ああ」と声を上げた。

「不老不死ではないけれど、吸血鬼は不老長寿よ。ざっと三百年は生きられる」

そう言った母は、わずかに首を横に振る。

「あなたは、違うかもしれないけれど」

「……どういうことだ？」

すると、ソニアはなぜか悲しげに笑った。

「情けない話だけど、聞いてくれる？」

「もちろん」

「……そう。ありがとう」

ソニアは自分の紅茶を一口飲んで、重苦しい声で告げた。

「私、人間の男と恋をしたの」

「！」

「吸血鬼は、決して他種族と関わってはならない種族。でも、その恋を叶えるため、私はすべてを捨てて駆け落ちした。吸血鬼としての誇りも、全部全部。……そして、あなたの父は、異端者として殺された。同じ、人間にね」

「………」

エリザベスは、絶句した。

父は人間であり、同じ人間に殺された。

全く理解できない。好きな人と結ばれただけなのに、どうして？

「……私には、わからない」

「しょうがないわ。あなたは、まだ生まれたばかりなのだから」

ソニアは、さらに説明を続ける。

「あなたの父が亡くなる時に……私のお腹にはあなたがいたわ。つまり、あなたは混血児なの」

「……私が、混血児」

写真を見る限り、エリザベスは年を取るスピードが普通の人間と一緒だ。であれば、確かに混血児なのだろう。

「そうだとして……何か、問題は？」

「そうね。混血児は、稀《まれ》に二重人格になるの。だから、私はあなたが二重人格になることも想定はしていた」

ソニアがふと立ち上がり、何かを戸棚の引き出しから取り出して手渡してきた。

それは手鏡だった。鏡を覗き込むと、そこにはソニアに似た顔が映っている。

「あなたの目は真紅……赤色でしょう？　それは吸血鬼の格を表すの。赤ければ赤いほど、力が強い吸血鬼ということになる」

言われてみれば、ソニアに比べてエリザベスの瞳は若干薄い赤だった。

しかし、エリザベスの色も、目を引くほど色鮮やかなものである。

「話を戻すわ。私はエリーゼを産んで、人間に見つからないようにひっそりと森の奥深くで暮らしていた。何事もなく、平穏な日々がゆっくりと過ぎたの。……そして、エリーゼの誕生日である今日、あなたが生まれた」

「……そうか」

「あなたは今日、十一歳になったの」

ソニアはどこか、苦しげな顔をしていた。エリザベスはふと思ったことを口にする。

「あ、あなたは……私が生まれないほうが、よかったのか？」

その質問にたっぷりと間を置いて、申し訳なさそうにソニアは答える。

「……そうね。そのほうが、よかったのかもしれないわ」

「っ！」

自分という存在を否定された気がした。胸の奥深くがギュッと締めつけられたように感じる。

しかし、ソニアは続けた。

「でも、あなたも私の愛しい娘。たとえ二人になろうが……絶対に守るわ」

「……そっか」

胸の締めつけが緩んだような気がして、苦しくはなくなった。

この感情は、安堵というものなのであろうか。

「エリーゼは、ダークグレーの髪と瞳をしているの。あの人譲りの、少しくすんだダークグレー。エリーゼには私の容姿は受け継がれなかったのに、あなた――エリザベスに受け継がれるなんてね」

「……その、エリザベスというのは、元々考えていた名前なのか？」

そう聞くと、窮屈《きゅうくつ》そうに肩をすくめてソニアは笑った。

「吸血鬼の女性の幼少名よ。吸血鬼は不老長寿なのだけど、子供があまり生まれなくって。無事育つように、初代女王の名前をつけられて女の子は育てられるの」

「……エリザベスとは、由緒正しい名前なのか。エリーゼというのは？」

すると、今度は朗らかに笑って答えた。

「あの人が、どうしてもって言ってつけた名前。二人で見に行った舞台劇を気に入ったらしくて。そこの女優の名前をいただいたの」

「……へぇ」

何だかひどく悲しくなった。自分はエリーゼでもあるのに、エリーゼより劣っている気がした。

「……まあ、そうだな」

「？　どうしたの？」

「何でもない」

本来生まれなかったはずの自分に与えられる名など、そんなものだ、と自然と納得してしまった。

そう考えれば、悲しくも何ともない。

エリザベスのそんな思いをよそに、ソニアの話は続く。

「エリーゼには、自分が吸血鬼だとは知らせてないの」

「どうして？」

「一度伝えようとして、吸血鬼の存在を教えたことがあるわ。特に恐れられるようなことは言わなかったのに、なぜかあの子は吸血鬼を嫌ってしまって……伝えることを断念したの」

ソニアは残念そうに肩を落とす。

「でも、人間の子として生きられれば幸せなのかもしれない。そう思って、あの子を甘やかしてしまった……」

ソニアはそこで言葉を切り、エリザベスをじっと見据えた。

その目は厳しげで、エリザベスは身震いする。

「決めた。あなたを英雄学園に入れたいと思うわ」

「英雄学園……？」

「世界で一番、と言われる学園よ。そこでエリーゼには、自分が吸血鬼であることを受け入れられる精神力を身につけてもらいたいと思う」

「私は別に、知ってほしいとは……」

「エリーゼがあなたを知らなければ、あなたはいずれ消えてしまう」

「！」

その言葉に、思わず目を見開いた。

消えてしまう？　生まれたばかりなのに？

「……嫌だ」

「そうよね。でも、エリーゼが成長するにはきっと時間がかかるわ。だから……人間の血を吸いなさい」

「人間の、血？」

確かに吸血鬼とは血を吸う生き物だ。だが、それがどう関係するのだろう。

「人間の血を吸うことで、体が吸血鬼としての体質に馴染んでいくの。そうすれば、吸血鬼の人格であるあなたは消えずにすむ」

「吸血鬼は、血を食事としているんじゃ？」

そう聞くと、愉快げにソニアは笑った。

「昔はそうだったけど、血だけで食事を賄《まかな》うのは大変なことよ。充分な量の血を得るのが難しくて、吸血鬼は数を減らしていったの。今は普通のご飯が食べられるから、血を吸うという行為は吸血鬼としての魔力を高めるためだけに必要なことになっているの」

「そうなのか……」

「さあ、悪いけど今から準備して。早いほうがいいわ」

「な、何の準備だ？」

そう聞くと、ソニアはにっこりと笑った。

「勉強よ。ちょうどあと一ヶ月後が英雄学園の試験日なの。その日に備えて学ぶのよ」

これは大変そうだ。エリザベスは思わず深いため息をついた。

第十七話　エリザベス、重ねる

「……そっか。……私、吸血鬼だったんだ……」

流れ込んできたエリザベスの記憶に眩暈《めまい》を覚えて、足元がふらついた。

自分は、吸血鬼の子供。それも、混血児。

ショックだった。

自分が昔から恐れてきたモノだったなんて、とエリーゼは悲嘆に暮れる。

そんなエリーゼの心など知らず、エリザベスは囁きかけた。

『そうだ。お前は、私。エリーゼ・ルシアでもあり、エリザベス・ルシア・ヴァンパイアでもある』

「……いや、来ないで」

『え？』

「来ないでっっ!!」

バンッ！　と教室にある机を叩き、エリーゼは一人で叫んだ。

「私はっ……私はそんなのっ、認めない!!　私はただのエリーゼだっ!!」

『っ……』

「えっ、エリーゼさん!?」

どたん！　と、大きな音を響かせて机にもたれかかったエリーゼを、慌ててリリーナが支えた。

その瞬間、エリーゼのダークグレーの髪は漆黒に、瞳は真っ赤に染まった。

エリーゼが引っ込み、エリザベスが出てきたのだ。

「……見苦しいところを見せてすまない」

「え？　エリーゼ……さん？」

リリーナはエリーゼの雰囲気が一変したことに戸惑った。

「私は、エリザベス・ルシア・ヴァンパイア。エリーゼの中に眠る吸血鬼としての人格」

そう言うと、エリザベスは机に手をついてゆっくりと体を起こす。

「え……あ、あの時の」

リリーナがたじろぎながら少しずつじりじりと下がり、その後ろにティールが警戒して立つ。

そんな二人を見て、そっとエリザベスは口を開いた。

「安心しろ。もう、襲ったりはしない。あの時は、必死だったから」

「……どういうことなの？」

「エリザベス‼」

いても立ってもいられなくなったアレクが、扉を開けて教室に入った。

アレクが現れたことにリリーナとティールは驚きつつ、エリザベスと呼ばれた彼女を凝視する。

エリザベスは悲しげに首を横に振った。

「駄目だ。駄目だった。エリーゼは、私を拒絶している」

「そんな……」

「あ、アレク？」

教室の外にいたライアン達も、戸惑いを隠せない表情でやってきた。

全員集合したところで、エリザベスは口を開く。

「すまないが、事情を説明させてくれないだろうか」


「……というわけで、私は自分の存在を維持するために、学園中の魔力の高い生徒の血を吸ったのだ」

「待って、質問」

手を挙げたのはティールだ。

「どうぞ」とエリザベスが言うと、ティールは眉をひそめて問う。

「魔力が高い者を襲ったのなら……何でアレク君を襲わなかったの？」

「その答えは単純だ。私は隙を窺って魔力の高い者を襲っており、特に順番を決めていたわけではない。アレクには襲う隙がなかっただけで、運がよかったともいえるだろう」

「運がよかったって」

適当にも聞こえる回答で、ティールは不満そうにエリザベスを睨む。

そんなティールを宥め、アレクは話題を変えた。

「それでさ、エリーゼは今どうなってるの？」

「エリーゼは……もう、駄目かもしれない」

「ど、どういうこと？」

エリザベスは心底悔しい、とばかりに強く唇を噛んだ。

「エリーゼは、私を受け入れなかった。この体は吸血行為により、吸血鬼に近づいている。よって……」

少し間を取って、エリザベスは続けた。

「エリーゼは……人間としての人格は、このままでは異物として排除される」

「!?」

「つ、つまり……」

驚くユリーカの隣で、シオンが怯えるように問いかけた。

「エリーゼちゃんは、消えちゃうってこと？」

「そういうことだ」

アレクは軽く眩暈がした。

触れ合った時間はそれほど長くはないが、エリーゼはアレクの友達だ。

まさか、こんなことになるなんて。

暗い表情をする一同に、エリザベスは慌てて付け足した。

「ああ、防ぐ手段がないわけではないぞ。エリーゼが出てきてくれれば……そして私を受け入れてくれれば、解決の糸口は見つかるだろう」

それを聞いて、アレク達は決心した。

何か、自分にできることをしようと。

◆　◆　◆

次の日の朝、アレクは少しソワソワしながら教室にやってきた。

教室に入り、ユリーカ、シオン、ライアンを見つけて表情を輝かせる。

「おはよー！　みんな！」

「おはよ。ちゃんと持ってきた？」

ユリーカの質問に、アレクは自慢げに胸を張る。

「うん！　ちゃんとね！」

「よし……じゃあ、いっせーのーでっ！」

ババババッとそれぞれが机の上に出したものを、全員で見つめる。

昨日、リリーナやティールと別れた後、エリーゼを救出するにはどうすればよいかとみんなで考えた。そうして思いついたのが、エリーゼが吸血鬼を受け入れる気になりそうなものを各自持ち寄り、エリーゼに出てきてもらおうという作戦だ。

ユリーカは呆れたように、ライアンに言った。

「……何それ、ライアン。どうしてニンニク？」

「え⁉　あ、いや～、吸血鬼になったのがショックってのは、ニンニクが食べられなくなったと思ったからかと考えてさ。だから、吸血鬼でもニンニク大丈夫だぞ～って。エリザベスに聞いた話じゃ、吸血鬼は普通にニンニク食べるらしいからな！」

「バカ」

そう言われたライアンは、ふてくされながらユリーカの持ってきたものを見る。

「……お前だって、何だよそれ」

「これ？　絵本よ！　吸血鬼が最終的に友達になるっていう」

「最終的に、だろ？　途中はすっごい喧嘩してるじゃん」

「うぐっ」

お互いに痛いところをつかれたせいか、しばらく「ぐぬぬ」と睨み合った。

シオンはもじもじと恥ずかしそうにアレクのほうを見る。

「私、吸血鬼っぽい黒いマントを持ってきたんだけど……ダメかな」

「う～ん……どうだろう？」

マントを羽織ったら格好いいと感じてエリザベスを受け入れてくれる……とは思えないが、一生懸命考えたシオンのことを気遣って、アレクは否定はしないでおいた。

「アレク君は何を持ってきたの？」

「僕？　これ」

「カメラと、アルバム？」

シオンが不思議そうな顔をして、アレクからカメラとアルバムを受け取った。しげしげと眺めるシオンに、少し照れくさそうにアレクは言う。

「あのさ……たとえ人とは違っても、エリーゼはエリーゼだよね。今は心が打ちのめされてるだろうけど、実は大したことはないんだってみんなで伝えて思い出の一部にしちゃえば、少しは気分が軽くなるんじゃないかなーって」

「へーっ！　凄いね！　アレク君」

シオンにキラキラとした目で見られて、アレクは少しくすぐったくなり笑った。

すると、エリザベスが教室を訪ねてきた。

「アレクーっ」

「あっ、エリザベス」

呼ばれて、アレク達はエリザベスのもとへ駆け寄る。

「どうだ？　何かよさそうなものは見つかったか？」

「えっとね……」

アレク達はそれぞれ、自らが持ち寄ったものを差し出す。

それを見てエリザベスは顔をしかめた。

「な、何でニンニクなんだ？　今時、吸血鬼にニンニクなんて……子供じみた真似を」

「ぐはっ」

「それに、絵本？　所詮《しょせん》、人間の作った童話だろう」

「うぐっ」

「……マント？　これに至っては意味がわからん」

「ううっ」

三人とも、容赦なく打ちのめされた。

最後にアレクのカメラとアルバムに目を留めるエリザベス。

「これは？」

「あのさ、思い出作りにならないかなーって」

「……」

エリザベスはそれを黙って見つめた後、スッと目を細めた。

「思い出？　無理だ。これじゃエリーゼは出てこない」

「そっかぁ……」

「……すまないな。授業があるし、私はもう行く。それと——」

エリザベスは低い声でアレク達に決定的な言葉を告げる。

「エリーゼのことは、もう諦めたほうがいい」

それだけ言い残して、エリザベスは踵《きびす》を返して去っていってしまった。

その後ろ姿を呆然と見つめていると、アレクがふと足元の何かに気がつく。

「これは……？」

落ちていたのは、小さなポーチだった。

エリザベスのものだろうか。ポーチは開いてしまっていて、中身が飛び出している。

「拾わなきゃ」

「エリザベスのか？」

「わからないけれど……」

ライアンに首を振り、アレク達は中身を拾ってポーチに入れる。

すると、アレクは気になるものを見つけた。

「これは……？」

それは数枚の真っ白な便箋《びんせん》だった。

◆　◆　◆

放課後、アレク達はエリザベスにポーチを渡しに行った。

一年Aクラスの生徒達が帰り支度をしている中、漆黒の髪をした少女は窓の外を見つめている。

「エリザベス！」

「……？」

名前を呼ぶと、困惑した表情でエリザベスが教室から出てきた。

アレクは少し遠慮気味にポーチを差し出す。

「！　これは……」

「これ、エリザベスの？」

「……ああ、私のだ」

その答えを聞いてアレク達はほっとし、続いて、アレクの後ろに立つユリーカが白い便箋を差し出した。

「これも？」

「……」

「エリザベス？」

アレクが心配して声をかけると、エリザベスは息を吐いて頷いた。

「……ああ、私のだ」

何だか、エリザベスの表情が曇《くも》ってしまったような気がする。

エリザベスは便箋とポーチを受け取ると、複雑な顔つきをした。

シオンが申し訳なさそうに、その便箋のことを説明する。

「その、ごめんね？　ポーチが誰のものかわからなかったから、私達、便箋の中身を勝手に読んじゃって……」

ピクリ、とエリザベスが反応した。

「それは、お母さんからの手紙なんだね」

確かに、母からの手紙だ。

エリーゼに向けての手紙。我が子を心配する、当たり前の文章。

わざわざ母から保護の魔法までかけてもらっている便箋。

（——これは、『エリザベス』に向けてではない）

そう思うと、エリザベスの胸の奥がズキンと痛んだ。

幸せを願う母の愛を一身に受けるエリーゼと、存在を望まれていない自分。

母は、二人とも守ると言っていたが、果たして本心だったのだろうか。

「お母さんは、あなたのこと大好きだったんだね」

シオンの言葉を聞いた途端、何かがプツンと切れた気がした。

「………」

「エリザベス？」

俯いて黙ってしまったエリザベスを心配し、シオンが優しく声をかける。

エリザベスの唇はきつく結ばれていて、何かを思い詰めているようだった。

しばらくして、エリザベスが小さく口を開く。

「……ついてこい」

「えっ⁉」

エリザベスが突然早足で歩き出して、アレク達はそれにただただついていった。

たどり着いたのは、学園の裏庭だった。放課後だからだろうか、辺りには誰もいない。

「……この中で、炎の魔法が得意な者はいるか」

「？　それなら多分俺だけど……」

ライアンが名乗りを上げると、エリザベスはすっとライアンを見る。

「ほんの小さな火種でいい。それで……焚《た》き火を、作ってくれないか？」

「た、焚き火？」

「木を集めてくる」

戸惑うライアンを置き去りにして、エリザベスは裏庭に落ちている何本かの細い木を拾い集め始めた。それを土が剥き出しになっている地面に、丁寧に組み立てる。

「……」

「さあ、早く」

「お、おう」

エリザベスが何をしたいのかわからぬまま、ライアンはその木に火をつけた。

ポッとオレンジ色の炎が灯《とも》る。綺麗な色で、アレク達の顔を暖かく照らした。

「すまないな。私は炎の属性を持っていないから、炎魔法は使えないんだ」

「それはいいけど」

ライアンは眉根を寄せたままそう返す。

「……あのさ、エリザベス」

「何だ、アレク」

「こんなところで焚き火なんてやったら、怒られるんじゃ……」

「案ずるな」

エリザベスは、綺麗に笑った。

「――すぐにすむ」

その直後、エリザベスは乱暴な手つきで炎の中に便箋を躊躇《ちゅうちょ》なく放り込んだ。

「エリザベスッ!?」

ゴウ、と音を立てて、炎は無慈悲に便箋を呑み込む。

アレク達が驚いてエリザベスを見つめるも、本人はどこか嬉しそうだ。

「この便箋には、母から保護の魔法がかけられていてな。水に濡れないし、破れない。でも……だったら保護の魔法の効力が切れるまで、便箋を炎の中で焼いてしまえばいい」

ずっと、何かが胸の中でひどく燻《くすぶ》っていた。

それは母からエリーゼに宛《あ》てられた手紙。

(――母の望む子は、エリーゼだけ)

『やめてっ!!』

「っ⁉」

突然、エリザベスの耳にエリーゼの声が届いた。

一瞬驚いたエリザベスだったが、落ち着きを取り戻すと、今度は鼻でフッと笑う。

「やめて、だと？」

『お母さんの手紙を燃やさないで‼』

「ふざけるな。人の血を吸ったという事実から逃げて閉じこもっていたお前が、今さら何を言う」

『あれは、あなたがやったんでしょう⁉』

「私はお前だ。そもそも、お前が吸血鬼が嫌いなどという理由で、なぜ私が人間として生きねばならない」

『なっ――』

「まあ、お前が消えようが私はどうでもいいがな。ただ――」

エリザベスはスッと視線をアレク達に移した。

急に一人で喋りだしたように見えるエリザベスのことを、皆が呆然と見つめている。

「――お前を取り戻そうと、必死になってくれている人がいる」

『⁉』

「そもそも、先に母の子であったのはエリーゼだ。私がつけ入る隙など、どこにも存在しない」

自分で言ってしまって、エリザベスはようやく納得した。

「……私は、母から愛されていないんだ」

『……』

「お前はずるい。皆から好かれているくせに、消えてしまいたい、だと？　何て浅はかな願いだ」

『そ、れは』

「私だって消えてしまいたい。あんなに生きようともがいたのに。お前のせいで台無しだ」

『何をっ、かっ、て、な……』

エリーゼから、先ほどの勢いが失われた。

エリザベスはただ黙って燃える便箋を眺める。

（……これで、よかったんだ）

その時だった。


パァンッ!!


「っ!?」

『えっ？』

「「「わあっ!?」」」

何かが弾ける音がして、炎がその衝撃で消え去った。

そこには燃えカスとなった便箋が残っている――はずだったのだが。

「……光ってる？」

そう言ったのは誰だっただろう。

便箋は、輝かしい光を放っていた。

その光は急速に収まり、ただの綺麗な便箋へと戻る。

「……何だ、保護の魔法が発動したのか」

炎でもダメだったか――ガッカリしながら、エリザベスは便箋を開いた。

「――え」

そこには、以前に自分が見たものとは全く違う文章が書き連ねてあった。


『ソニアへ。

やあ、元気にしているかな？　突然だが、君に謝らなければいけないんだ。

私は吸血鬼と関わったことを罪に問われ、同じ人間に排除されてしまうことが決まった』

「……父、からだ」

「えっ？」

アレク達もその手紙を覗き込む。それは確かに母からエリーゼに宛てた手紙だったはずなのに、父から母への手紙へと変化していた。

エリザベスは夢中で読み進めていく。

『君は怒っているだろう。私のことを恨《うら》んでくれても構わない。弱者だと、同族に殺される愚か者だと笑ってくれてもいい。ただ、最後の願いを聞いてほしい』

そこには、信じられない言葉が書いてあった。

『私達には、二人の子供がいるんだ。一人は元々決めていた名前をつける子、エリーゼ。そしてもう一人、エリーゼの中に存在する子』

「そん、な」

父と母は、初めからわかっていたというのか。二つの人格が存在することを。

エリザベスは混乱しながらも読み続ける。

『処刑されてしまうことを、本当に申し訳なく思う。

子供の顔も見られないまま死ぬのはどれほど心苦しいことか。

……はは、いや、忘れてくれ。置いていかれる君ほどつらいことはないね。

だが、お願いだ。二人を守ってほしい。

もう一人の子には、私は夢の中で出会ったんだ。成長していて、君と瓜二つの姿だった。

変な話だと笑ってくれてもいい。ただ、エリーゼの中にもう一人の子がいるというのは、私の予想であり、きっと訪れる未来でもある。どうか、私達の子供を頼む。　リンジーより』

「……」

読み終わり、二枚目の便箋を手に取る。今度は母から父に宛てた手紙らしい。


『リンジーへ。

私は今、怒りよりも絶大な喪失感に襲われています。

あなたがいなくなって悲しい。私はこれから、どう生きていけばいいの？

そんなことを考える日々です。

エリーゼは無事に生まれました。とても可愛い子です。

ただ、もう一人の子はまだ姿を現しません。

本当にこの子は二重人格なのでしょうか？　凄く心配です。

それと、エリーゼに半吸血鬼であることを教えるか、迷っています。

この子には平穏な日々を送ってほしいのです。吸血鬼とは関係ない、平凡な日常を。

でも、あなたの夢の通りなら、きっともう一人の子が吸血鬼としての、私の子としての特徴を受け継いだのでしょう。

あなたには申し訳ありませんが、私はエリーゼを守ることを最優先とします。

二人分の人格に苛《さいな》まれ、あの子が壊れてしまうことは望んでいません』

手紙の内容を読んで、エリザベスは鼻で笑った。思っていた通り、エリザベスはやはりお荷物だ。

しかし、手紙はまだ続く。


『リンジーへ。

とうとうもう一人の子が姿を現しました。確かにあなたが書いた通り、私にそっくりな子でした。

あなたにお詫びをせねばなりません。

私は、もう一人の子が凄く可愛く思えてしまいました。

この子を見殺しになんてできない。そう思って勝手ながら、英雄学園に入れることを決めました。

この子達には精神力を養うとともに、友達を作ってほしいのです。二人の存在を受け止めてくれる、友達を』

（可愛く、だと？）

ぴくり、とエリザベスの眉が動く。

『もう一人の子には冷たく接しました。

エリーゼに注いだ愛情を、あの子が欲しがっているのはわかっていました。
だけど……あの子には私を憎んでほしかった。
私は一度、あの子を殺そうとしてしまったのだから。
こんな勝手な願いを押しつけてしまってごめんなさい。
私はバカな母親です。
でも、それでも。あの子達が、何よりも愛おしいのです。
もう一人の子の名前は、エリザベスに決めました。
私の姉の名前です。幼少名をいつまでも好んで変えることのなかった、変わり者の姉。
あの人は私達を逃がすために、人間に殺されてしまいました。
でも、なぜでしょう。エリザベスからは、姉と似たような気を感じるのです。
エリザベスという名前が、あの子を守ってくれそうで。
もうそろそろ筆を置かせていただきます。
最後に。
私は身勝手です。死んでしまったあなたの影にいつまでも縋《すが》り、子供を遠ざけた。
それでも子供を、誰よりも愛しているのです。
エリーゼを、エリザベスを。
こんな私には天罰が下るのでしょう。私が死んでしまったら、迎えに来てくださいね？
あなたのことを、愛しているから。　　　ソニアより』

「……」

「……エリザベス」

アレクに声をかけられ、エリザベスは手紙から顔を上げた。

「あ」

気づけば、エリザベスの頬には涙が伝っていた。

何かが溢れてしょうがない。

心に空いていた穴が、温かいものに満たされたような気がした。

「そうか……私は、母に、父に、ちゃんと、愛されていたのだな……」

安心した瞬間、エリザベスとエリーゼの人格がくるりと入れ替わったようだ。

エリーゼも泣いていた。

しばらくして息を整えると、エリーゼはゆっくりと、アレク達を見上げる。

「エリーゼ」

「エリーゼちゃん」

アレクとユリーカに頷き、エリーゼはどこへともなく声をかけた。

「……ようやく受け入れられた。今まで目を背けてしまってごめんなさい、エリザベス」

言葉は届いているかはわからない。

けれど、エリーゼはアレク達にも、エリザベスにも笑いかけた。

「私を取り戻してくれて、ありがとう」

◆　◆　◆

次の日の朝、暗いうちに一度目が覚めてしまったアレクは、二度寝をしてから起きた。
隣のベッドを見れば、リリーナとティールはもういない。
今日は通常授業の日だが、二人は委員会や生徒会で忙しいようだ。
あれからエリーゼは、ちゃんと心の中でエリザベスと話し合ったらしい。
とにかく、二人とも消滅は防げたと言える。
ここのところ、大きな出来事が続いて少しだけ疲れた。
「いろいろあったなぁ」
独り言を呟いて、アレクはベッドから出る。急いで登校の準備をせねばならない。
身支度を整える間にも、アレクの心には長いようで短かった日々が巡る。
「……よし」
制服を整えて、アレクは気合いを入れた。
朝食はもうすませたし、あとは教室に行くだけだ。
ドアを開けて、誰もいない部屋を振り返り、「行ってきます」と挨拶する。
寮を出て、アレクは教室に向かって歩いた。

「……本当に、大変だった」

特に記憶喪失になってしまった時。自分が何者かもわからないし、凄く怖かったのを覚えている。

あの時感じたルイスの優しさも、城で食べた物も、人々の笑顔も、すべて幻術だったなんて。

それでもアレクは、その幻術を温かく感じた。

ガディやエルル、そしてライアンやシオン、ユリーカ、学園長には多大な迷惑をかけてしまったけれど。

偶然でもケイン——いや、ノインの幻術に入り込むことができてよかったと思う。

(ヴェゼルさんはお師匠様に会えたかな？)

クーヴェルは自由奔放な性格だ。ヴェゼルの苦労も知らぬまま、どこかをほっつき歩いているのだろう。

「……あ」

ふと、校庭を歩くエリーゼを見つけた。

今日はエリーゼのようだが、日によってエリザベスにも姿を変えている。

今はクラスメートと楽しそうに歩いていて、仲良くやれているようで何よりだ。

「よかった」

本人達は気味悪がられるかもしれない、と心配していたが、大丈夫だったらしい。

そうこう考えながら歩き続け、気づけば教室の前だった。

「嘘っ、校舎に入ったのいつだっけ!?」

全然気がつかなかった。我ながらボーッとしているな、と思いつつ、アレクは教室のドアを開ける。

「！　アレク、おはよう！」

「おはよう、アレク君」

「お、おはよう……」

そこには、ライアンとユリーカとシオンがいた。

いつもと変わらぬ笑顔で、でもたくさんの感謝を込めて、アレクは笑った。

「おはよう！」

番外編　ヴェゼルの出会い

ヴェゼルが黒猫の少女と出会ったのは、まだ十歳の頃であった。

母が病《やまい》に伏せ、医者に診《み》てもらったが、治療の効果がなく亡くなった。

その母が、死の間際に伝えてくれたのだ。

――病気で死んだと教えられていた父は獣人であり、実は生きている、と。

昔、母が偶然、獣人の里付近を訪れた時、魔物に襲われたらしい。それを父が助けたことで二人は知り合ったそうだ。

しかし逢瀬《おうせ》を重ねるうちに他の獣人に関係を感づかれ、他種族との関わりを嫌う獣人によって、引き裂かれてしまった。

その後に、母がヴェゼルを身ごもっていると気づいたため、父は子供のことを知らないという。

「でも、ヴェゼルのことを知れば、きっと助けてくれる。だから、会いに行きなさい。他の猫人族には気をつけて。獣人の里は、南にあるルルの森の近くにあるわ」

それを伝えてから、母は力尽きて亡くなった。

母が教えてくれた獣人の里に、ヴェゼルは恐る恐る顔を出した。

父以外の誰かに会えば危険な目に遭いかねないので、注意深く進む。

父はヴェゼルと同じ黒い髪と瞳をしていて、里でそんな容姿を持つ者は父以外にいないらしい。

里を静かに歩いていると、小さな小屋にたどり着いた。

小屋には鉄格子がついている。不思議に思ってそっと覗いてみると、黒髪の少女と目が合った。

お互いに困惑を隠しきれず、ヴェゼルは思わずその場から逃げ出してしまった。

里の入り口付近まで逃げてきて、ふと気づく。少女は黒い髪なのだから、もしかしたら父と関係があるかもしれない、と。

もう一度顔を出したヴェゼルに、少女はひどく驚いていた。

「あなた、何で耳と尻尾がないの？」

「尻尾はないけど、耳はあるよ」

少女のような猫耳ではないが、人間の耳を見せると、彼女は不思議そうな顔をした。

「何だか変な形ね」

「俺からしてみれば、君のほうが変だよ」

少女はそう言うと、クスリと可憐《かれん》に笑った。

その笑顔に胸の高鳴りを感じたのは、気のせいだろうか。

「——誰だ!!」

とんでもない大声が聞こえて、ヴェゼルは思わず飛び上がる。

振り返れば、食べ物を持った男性がいた。

黒い髪に黒い瞳——この人が父だろうか。

そう思い、ヴェゼルは男性に近寄った。

「……お父さん？」

「え？　お、お父さん？」

男性はやはり、自分のことを知らなかった。

ヴェゼルが事情を説明すると、すべて聞き終えた男性は愕然とする。

「まさか――いや、本当に？」

「お母さんが、そう言ってた」

「失礼だが、君の母の名前は……」

「リエル」

そう答えると、男性は長い長いため息をつき、ヴェゼルを優しく抱きしめた。

その抱擁に、この男性が父であることを確信した。

「すまない……今まで知らなくて。何もしてやれなくてごめんな」

「う、ううん。いいんだ。お父さんに会えただけで、俺は満足」

「リエルには、俺を頼れと言われたのか」

「うん」

「リエルは、死んでしまったのだな……」

独り言のようにそう呟いた父。今にも泣き出しそうな顔をしている。

しかし、ヴェゼルを不安にさせないためか、明るい声に切り替えた。

「……そうか。よし、俺の家に案内しよう。用事を終わらせるから、ちょっと待っていてくれ」

そう言って、父は小屋に入っていった。

何やら少女と話した後、父は外に出てきてヴェゼルに言う。

「こっちだ」

案内されたのは古い質素な造りの建物だった。家に上がると、父は突然質問をしてきた。

「お前は姫様のオーラが見えたか？」

「え？　オーラ？」

「黒色の、靄のようなものだ」

父の言っていることが全くわからない。聞いたことのない、未知の言葉だ。

首を傾げていたら、父はその態度で納得したらしい。

「そうか。お前には見えないんだな」

「あの、オーラって何？」

「オーラとは、猫人族にだけ見える、体から出る靄のようなものだ。このオーラを持つ者は、黒い髪と瞳を持つ猫人族だけだ」

「俺にはそんなの見えなかったけど」

「純粋な猫人族にしか見えないのかもしれない」

さっきの女の子から、そんなものが出ていたのか。

そのことを知ってもヴェゼルには見えないので、父のオーラとやらの説明に違和感しか覚えなかった。

「このオーラには言い伝えがあって。黒い髪と瞳を持つ者の闇のオーラは、やがて村のすべてを呑み込むと言われているんだ。十歳までにオーラが引っ込めば問題ないが、そうでなければ殺されてしまう」

「お、お父さんは、そのオーラが引っ込んだの？」

「ああ。ある日突然、な。朝起きたらオーラがなくなっていて、びっくりしたよ」

その時を懐かしんでいるのか、父はどこか遠くを見るようにして語った。

しかしヴェゼルは、少女にはまだそのオーラがあると父が言っていたことを思い出す。

「あの女の子、今何歳なの？」

「……あと一ヶ月で十歳になる。姫様はオーラが強くてな。どんどん広がってる。でも、本人はそれに気づいてない」

「無自覚ってこと？」

「ああ。オーラは収まる気配がないし、きっと姫様は殺される」

「そんな……」

先ほど見た、少女のあどけない笑顔。

ヴェゼルには、少女のことがとても不憫《ふびん》に思えた。

「俺はオーラが収まった後、普通の猫人族として暮らしていけるようになったが……やっぱり黒の髪と瞳は恐れの対象でな。冷たくあしらわれ、ろくな仕事もできずに生きてきた。よくわからない闇の力とやらに、人生を狂わされたんだ。姫様が生まれた時、世話役を押しつけられたんだが……姫様と昔の俺が、どうしても重なって見えて。だから助けたいと思った。今はまだどうすればいいかわからないが、絶対に俺が何とかする。……ああ、何とかしてみせるさ」

ヴェゼルは一抹《いちまつ》の不安を抱えながらも、ひとまず父と一ヶ月だけ暮らすことにした。

◆　◆　◆

里で暮らす間、毎日少女と、少しだけ話をした。

クルクルと忙《せわ》しなく変わる表情や、優しげな声。

自分を気遣ってくれる態度に、ヴェゼルはどうしようもなく揺さぶられた。

少女を好きになってしまった——そう自覚したのは、ちょうど一ヶ月が経とうとする頃だった。

ある日の夜、父は深刻な顔をしてヴェゼルに頼んだ。

「お前に協力を頼みたいんだ」

突然そう言われ、ヴェゼルは驚いて硬直した。

協力といっても、自分にできることは限られている。

緊張でうるさく鳴る心臓を押さえて、ヴェゼルは身構えた。

「……姫様と一緒に逃げてくれないか」

「そ、それだけ？」

わりと単純な願いでヴェゼルは呆気にとられたが、父はそれを否定した。

「簡単じゃない。誰にも気づかれることなく、姫様を里から連れ出さなきゃいけないからな。それに、子供が一人で生きていくことは難しい。明日、闇のオーラが収まればそれでいいが、そう上手くはいかないだろう。だからお前に助けてほしいんだ」

「俺なんかにできる？」

「できるさ。お前は、俺の息子なんだからな」

そう言われると、自信が湧いてきた。心細さがないわけではないが、父が信じてくれているとわかって嬉しい。

「脱出したら、真っ先に人間の街に逃げ込め。猫人族は人間との関わりを嫌うから、人間の街に逃げ込んでしまえば大丈夫だ」

「わかった」

「姫様にも同じような忠告はしておく。もう寝なさい」

父はそう言って横になる。

しかし、ただ逃げるだけでいいのだろうか。もっと役に立てないのだろうか。

そう考えたヴェゼルは、とある決心を固めた。

◆　◆　◆

「――何でお前、ここにいる⁉」

少女を村の外に向かわせた後、父が焦った様子でヴェゼルに叫ぶ。

ヴェゼルはフード付きのマントを用意して、父にはっきりと言った。

「俺が囮《おとり》になる。俺はあの子と同じ黒い髪と目だし、背丈も同じくらいだ。絶対に気づかれない」

「そんなことさせるわけないだろう‼　息子をむざむざ殺させるわけがっ」

「俺もあの子を助けたい」

ヴェゼルは父の言葉を物ともせず、着々と準備を進めていく。

あの子と同じ黒髪だったことに、これほど感謝したことはない。

「……本当に、やるのか？」

「お父さんは俺達を逃した後、どうするつもりだったの？　もしかして……身代わりになるとか？」

「っ」

どうやらそれは図星らしく、父は言葉を詰まらせた。

ならば、ヴェゼルのやるべきことは決まっている。

「俺は絶対にあの子を逃したいんだ。やらせてほしい」

「……なら、一つだけ約束してくれ」

父の言う約束に、ヴェゼルは耳を傾ける。

それを聞いて、やはり父は優しい人だと思った。

◆　◆　◆

気づかれないと思っていた身代わりは、儀式とやらの会場についた途端にバレてしまった。

父が目立つようにわざとらしく叫ぶ隙に、ヴェゼルはその場から逃げ出す。

父との約束――それは、必ず逃げきることだった。

諦めて殺されることだけは許さないと、そう言ってきたのだ。

ヴェゼルはそれを了承した。囮になるといっても、あの子を一人にはしたくなかったからだ。

確かに父が身代わりになって命を落としたのはあの子が原因ではあるが、ヴェゼルはあの子を憎むことはできなかった。

猫人族は父に気を取られてばかりで、ヴェゼルに全く気づかない。

ヴェゼルは見事逃げられた。

走って走って、人間の街にたどり着き、安心とともに疲れが押し寄せてきた。

その場で崩れ落ちると、父の姿が脳裏に浮かぶ。

きっと父は殺された。

でも、最後に父は満足げに笑っていた。

本当に、これでよかったのだろうか。

「………」

よかったと言い切れないところに、ヴェゼルの心にも迷いが生じていた。

本当は一人で逃げたくなんてなかった。

父と一緒に、生きたかったのに。

どれだけ望もうが、父とはもう会えない。

もう、二度と会えないのだ。

気づけば涙がとめどなく溢れて、ヴェゼルはしばらく蹲《うずくま》り続けた。

◆◆◆

誤算だったのは、少女と会えなかったことだ。

あちこちを捜すうちに、もう八年も経ってしまった。

それでも旅人として、諦めずにあの子を捜し続ける。

ある時ヴェゼルは、とある小国にたどり着いた。

そこでは、不思議な噂が流れていた。

曰く、ここには天使がいる。曰く、天使は繁栄をもたらす。曰く、天使はこの国の王子。

変わったものには、何でも食らいついてきた。あの子の手がかりになると信じて。

だから今日も、ヴェゼルは街の人に声をかける。

「なあ。この国の天使とやらを教えてくれないか？」

この作品に対する皆様のご意見・ご感想をお待ちしております。

おハガキ・お手紙は以下の宛先にお送りください。

【宛先】

〒150-6008 東京都渋谷区恵比寿4-20-3 恵比寿ｶﾞｰﾃﾞﾝﾌﾟﾚｲｽﾀﾜｰ 8F
(株) アルファポリス　書籍感想係

メールフォームでのご意見・ご感想は右のＱＲコードから、
あるいは以下のワードで検索をかけてください。

アルファポリス　書籍の感想　検索

ご感想はこちらから

本書はWebサイト「アルファポリス」(https://www.alphapolis.co.jp/)に投稿されたものを、改稿のうえ、書籍化したものです。

追《お》い出《だ》されたら、何《なに》かと上手《うま》くいきまして3

雪塚ゆず（ゆきづか ゆず）

2020年 7月 31日初版発行

編集ー篠木歩
編集長ー太田鉄平
発行者ー梶本雄介
発行所ー株式会社アルファポリス
〒150-6008 東京都渋谷区恵比寿4-20-3 恵比寿ｶﾞｰﾃﾞﾝﾌﾟﾚｲｽﾀﾜｰ8F
TEL 03-6277-1601（営業） 03-6277-1602（編集）
URL https://www.alphapolis.co.jp/
発売元ー株式会社星雲社（共同出版社・流通責任出版社）
〒112-0005東京都文京区水道1-3-30
TEL 03-3868-3275
装丁・本文イラストー福きつね
装丁デザインーAFTERGLOW
印刷ー中央精版印刷株式会社

価格はカバーに表示されてあります。

落丁乱丁の場合はアルファポリスまでご連絡ください。

送料は小社負担でお取り替えします。


ISBN978-4-434-27623-1 C0093

辛い出来事ばかりの人生を送った挙句、落雷で死んでしまったOL・サキ。ところが「不幸だらけの人生は間違いだった」と神様に謝罪され、幼女として異世界転生することに!　サキはお詫びにもらった全属性の魔法で自由自在にスキルを生み出し、森でまったり引きこもりライフを満喫する。そんなある日、偶然魔物から助けた人間に公爵家だと名乗られ、養子にならないかと誘われてしまい……!?

◉定価：本体1200円+税　◉ISBN：978-4-434-27440-4

◉Illustration：花染なぎさ